あの世とこの世を行ったり来たり〈下〉

本居利之

Parade Books

この物語はフィクションです。実在の人物・団体・事件とは関係がありません。

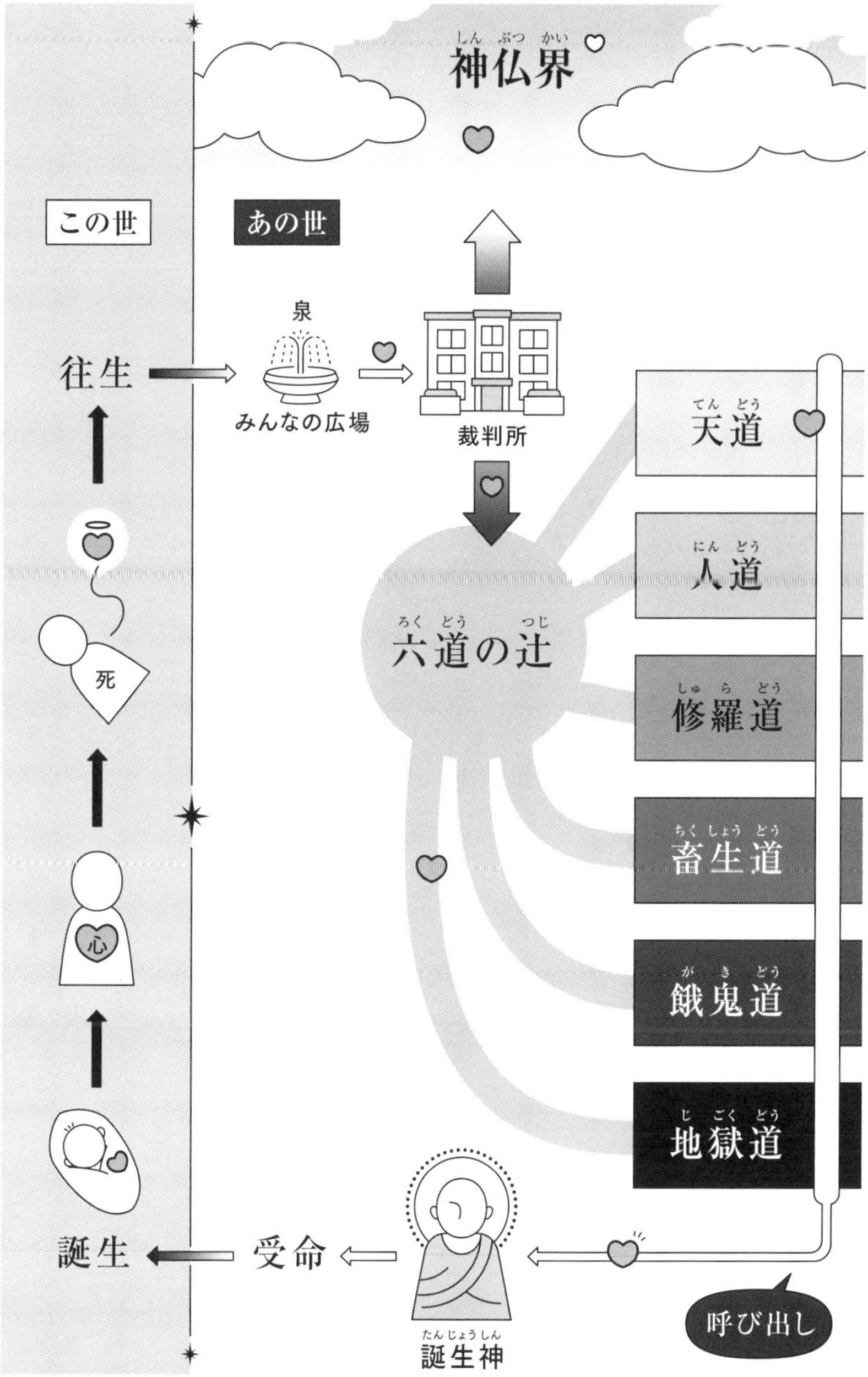
神仏界《しんぶつかい》
この世
あの世
泉
往生
みんなの広場
裁判所
死
心
天道《てんどう》
人道《にんどう》
六道《ろくどう》の辻《つじ》
修羅道《しゅらどう》
畜生道《ちくしょうどう》
餓鬼道《がきどう》
地獄道《じごくどう》
誕生
受命
誕生神《たんじょうしん》
呼び出し

もくじ ✦ 下巻

上巻 ✦

第6章

Ａ ✦ 動物博士として大きな功績を遺した男

十七世紀の話である。

Ａは中流家庭の男に生まれ変わった。この世に生まれる前、誕生神から、性格を直すように言われていた。また、前世の功績に対する褒美として、今世にだけ、すぐれた頭脳を特別に与えると言われていた。ところが、Ａはこの世に生まれてきたときには、そのことは忘れていた。ただし、誕生神は、Ａが成長するのにふさわしい父を選んで、誕生させていた。

幼少期は喜怒哀楽が激しく、親に対し反抗的であったが、父の厳しい教育によって、喜怒哀楽の激しさは封印されていた。父から「一日に最低一回は善行をしなさい。たとえ気持ちがこもっていなくてもいいから、良いと思うことをしなさい」と教えられ、実行していた。また、寺子屋で英才教育を受け、自らも研究を重ねた。

成人してからは、町で寺子屋を開設し、門下生に丁寧に教えた。親切でやさしく、Ａの講義は人気があった。ときには、門下生同士、自由に討論させることもあった。

A　今日は、人間と他の動物との関係について勉強しよう。まず、食についてだ。食べなくても「生き物はなぜ食べないと生きて行かれないようにつくられているのか。生きて行かれたらどうなるのか」についてみんなで考えよう。

食べないと生きて行かれないから他の動植物を食べる。人間は食べるために働き、収入を得る。働きながら色々なことを考え、苦労する。ときには他人の立場に立って物事を考える。またあるときは食を求めて争いを起こす。上下関係もできる。豊作を願い、神に祈りを捧げる。というように、食は動物たちを互いに協力させ、情報共有や意思の疎通を生み出したり、競争をさせたりしている。

客をもてなす場合、どんな料理を出そうか苦心する。昔、偉いお殿様が、家臣の作った料理が気に入らないと言って、殴りつけたという話を聞いたことがあるが、やってはいけないことだ。

君たちのお母さんも、どんなものを食べさせたら良いか、君たちの成長のために、一生懸命に考えている。ありがたいことなんだよ。好きでない食べ物も、全て感謝して頂くのだ。

良きにつけ悪しきにつけ、ほとんど全ての問題は食に起因すると言っても過言ではない。もし何も食べずに生きて行かれるようになったら、我々の生活はどんなものになって行くだろうか。

門下生I　食べなくても生きて行かれるとしたら、先ほどの話と逆のことが起こります。ほとんどの人が働かなくなると思います。働かなくなると、発展もしなくなります。その反面、競争もなく、けんかもない、嘘や駆け引きもいらない、お金もいらない、すっきりした生活になるような気がします。

門下生J　でも、新しい物が生産されず、競争もなく、発展しない世の中になったら、目標もなく、味気ない生活になるでしょうね。人間以外の動植物の世界はどうなるのでしょうか。

門下生K　食べる必要がなくなれば、食物連鎖はなくなります。肉食動物は草食動物を食べなくなるから、草食動物は増え放題になるでしょう。草食動物も草を食べなくなるから、草は生え放題になるでしょう。大多数の動物は、何もしなくなると思います。

食を求めて命がけで戦う必要もなくなるわけですし、外敵から身を守る必要もなくなります。どうすれば他の動物を捕まえることができるか、どうすれば自分の身を守ることができるかを考える必要もなくなります。安心して暮らせる反面、知恵を絞る必要がなくなるわけですから、頭脳は衰えるでしょう。

J　なるほど。肉食動物の中には、家族がお互いに連携して獲物を捕らえているものもいるし、草食動物の中にもお互いに連携して身を守っているものもいます。しかし、捕まえたり身を守ったりする必要がなくなれば、意思の疎通を図ることも少なくなるから、連帯感もなくなり、進歩もしなくなるということですね。

昆虫は花の蜜を吸う必要がないから花に留まらなくなり、動物と植物との助け合いもなくなるでしょう。そもそも、肉食動物と草食動物の区別もなくなりますし、消化器官も必要ないので、もっと小さな体になるでしょう。

I もし食がなければ、格差もなく、競争もない。宗教もない。あらゆることが必要なくなり、進歩もなくなるということですか。

K そうでしょうね。だから、食は神が生物に与えた最大の試練で、その試練を乗り越えた先に成長があると考えています。おこがましい言い方になりますが、神はそのお膳立てとして、必要なものを必要なだけつくり、絶妙な均衡を保っているような気がします。

J そうですね。この世界は神が創り、食の循環を保っているとしか考えられません。とても偶然とは思えないのです。

A よし。それでは次に、人間が動物から学ぶべきことについて考えてみよう。

K 肉食動物が草食動物を食べることによって、草食動物の数を適当な数に保っていますが、食べ過ぎると草食動物の数が減り、肉食動物が餓死します。すると、草食動物が増えます。

そうやって、肉食動物も草食動物も増えたり減ったりしながら、適当な数を保っているのでしょう。

I　はい。生命誕生以来、動植物はその環境に適応すべく、進化を繰り返してきました。恐竜や小動物の誕生と絶滅。その時代に必要とされれば誕生し、不必要となれば絶滅させられたのでしょう。そして人類が誕生しました。人類は本当に必要とされて誕生したのでしょうか。また、将来も必要とされ、生き残れるのでしょうか。

K　私は生き残れると思います。人間は食物連鎖の頂点に立っています。他の動植物の中には、人間のために神がつくってくれたのではないかと思えるおいしいもの、栄養満点のものがあります。だから、人間が他の動植物を大切にし、共存を図っていけば、大丈夫だと思います。

J　私もそう思います。害虫と言われる虫も必要があってこの世に生まれてきています。人間にとって有害に思えても、不潔な物を食べたり分解したりするなどの役割があります。「ここは不潔だから清潔にしなさい」と教えてくれているものもあります。また、人間に害を加えることにより、人間に何かを考えさせ、問題提起をしてくれている場合があるので、なぜ害を加えられるのかをよく考え、大切にしなければなりません。それ以外にも、他の生き物に食べられて栄養源になるなどの役割もあります。人間にとっては害虫であっても、この世の循環の中に入っているのです。

I　私は昆虫を何年も飼っていますが、親から子、子から孫へと世代交代するたびに、少しずつ弱くなっていくような気がします。それは、食べ物や交尾相手をめぐって争うことがないからです。どちらも人間に用意され、けんかをしなくても手に入ります。動物たちは、競争したり、けんかをしたりすることによって成長し、その力を次の世代に引き継いでいるのでしょう。

　逆に、人間に飼われていると、強い力を子に引き継ぐことが段々できなくなるのでしょう。だから私は、四代目になると、卵のうちに野生に返しています。

K　それはいいことですね。人間も食や金銭、異性を求めて、よく争いを起こします。人間も争うことによって成長しているのでしょう。

　人間や動物は食べなければ生きて行かれません。人間と動物の違うところは、人間には欲望の制御が求められているが、動物は先天的に欲望が制御されていて、必要分を超えて食べないというところです。よって、動物には、欲望を抑えるという観念すらありません。それに対して人間には、欲望を抑えるところに価値があると思うのです。

　食欲に限らず、性欲、支配欲など、さまざまな欲望を抑えることが求められています。そこに人間の貴さがあるんですよ。

Ａ　そうだな。特に、支配欲は社会を混乱に導くことがあるので、出してはいけないんだ。

Ｊ　人間以外の動物にもすばらしさを感じます。「子孫を残せばあの世でもっと明るい未来が待っている」と考えているような気がします。それは、子孫を残すのに懸命であることから、うかがい知ることができるのです。子のためには自分を犠牲にすることをいとわない。子のために死ぬことが使命とさえ思っているのでしょう。また、他の動物の栄養源になることを使命と思っているものもいます。人間より自己犠牲の精神が強いと思います。

Ｉ　はい、それに、肉食動物の中には、集団で狩りをする動物もいますが、一匹のうっかりした行動によって狩りが失敗したとしても、仲間を責めることはしません。仲間の失敗を責めるのは人間だけです。人間よりも寛大で、理性のある動物がたくさんいます。人間も、もっと寛大にならなければならないと思います。

Ａ　寛大にね。私も見習わなければならない。次は、格差の問題について考えよう。

Ｋ　動物内でも格差があり、植物内でも格差があります。更に、同じ動物内、植物内でも格差があります。格差は必要だからあるのであり、格差を全てなくそうとするのは自然に反すると思います。この世に格差がないのであれば、肉食動物に食べられる草食動物も存在しないはずであり、人間に食べられる動植物もいないはずです。格差があるからこそ、食べる者と食べられる者に分けられ、食物連鎖が成り立っているのです。みんな同じだと、争いに決着がつかなかったりしますが、格差があると初めから争いにならず、かえって平和が保たれると思います。

J　私も、格差があることが、全体的な均衡をもたらしていると考えています。全く平等な世の中では、発展も創造もあまり望めません。格差をなくすことより、格差を受け止め、自分なりに精一杯努力することの方が崇高であり、人間らしい生き方ができるはずです。

K　大きな格差はなくすべきですが、ほどほどにあった方がいいと思います。

動物は厳しい環境を生き抜いているのに、人間は助け合いの名の下に甘えることに奔走しています。勿論、困っている人を助けることは大切ですが、努力せずに甘えている人まで助けることは、その人の将来のためにならないと思います。努力することと達成したときの喜びを教え、自立する手助けをする程度にとどめるべきです。

A　厳しい意見が出たところで、最後に仮定の話をしよう。もし仮に全国の人々から全ての財産を集めてその財産を全員に均等に配ったとしたら、平等な社会ができるのかな。

I　貧乏な人が周りの人と同じだけの財産を手にすれば、不公平感がなくなり、一生懸命に努力すると思います。だから、公平で格差のない明るい社会が長く続きます。

J　そうですね。今まで一生懸命に努力してきた人で報われなかった人は満足して、更に努力するでしょうね。でも、能力や考え方が人それぞれ違うから、今まで努力して稼いできた人は稼ぎ、努力してこなかった人は努力せずに貧乏になり、五十年もたてば元の格差社会に戻ると私は考えるのですが。

K　それは、この国の制度に問題があるのではないでしょうか、先生。

A　全く問題がないわけではないと思うが、実際問題として、今の制度でしか努力した人の成果を反映することができないと思うよ。例えば、努力して多くの収入を得た人から多くの税を取ると、収入の少ない人は喜ぶだろうが、収入の多い人はやる気を失ってしまう。これでは世の中が発展しなくなる。

I　世の中が発展することが本当にいいことなのでしょうか。発展していく世の中についていける人はいいですが、ついていけずに取り残された人は、自分が現状維持していても、不幸になった気分になります。

A　努力する人、しない人、できない人、そんな色々な人すべてを満足させる魔法のような完璧な制度は見当たらないなあ。人それぞれ違った環境の中で生きていて、違った考え方を持っている。昔から、お殿様もお役人さんも色々な意見を出し合っているが、いまだに完璧な制度が確立できていない。君たちもお殿様になって、全員が満足できる政策を打ち出してくれないか。期待しているよ。

K　わかりました。百点満点取った人が、四十点しか取れなかった人に、三十点分けてあげれば、どちらも七十点ずつで、平等になります。こんな制度を作ってみようと思います。

A　おお。それなら、試験を受けるのをいやがる門下生も、喜んで試験を受けるだろう。

このように、門下生に対し熱心に接していたことから、好評を得ていた。門下生になることを望む若者が多く現れ、自身も研究を怠ることなく、次々と新しい研究成果を発表した。しかし、国から高い評価を受け、高い地位を与えられると、封印されていた悪い性格が表面化し、次第に態度が横柄になり出した。人を馬鹿にしたような態度を取ったり、自分の知識をひけらかしたりして、ひんしゅくを買っていた。更に大きな権力を与えられると、気に入った門下生はかわいがり、気に入らない門下生はいじめたり、話を聞かなかったりと、自分勝手なことをするようになった。

生まれる前、誕生神から性格を直すように言われていたが、すっかり忘れていた。門下生からは「どうしてあんな悪い先生になってしまったんだろう。人は高い地位や権力を得ると、あんなにまで人間性が変わってしまうのだろうか」とささやかれた。

Aはきらわれ者になってしまったが、研究成果は絶大で、世の中に大きく貢献し、国からは高い評価を得ていた。その反面、家庭の愛情には恵まれないようになり、退職後は田舎でひっそりと一人暮らしをするようになった。そして孤独の中、六十五歳で生涯を閉じた。

みんなの広場には、門下生たちが迎えに来てくれていた。最初は歓迎されていると思っていたが、何となく義務感でやっているようにも感じられた。長老たちも出迎えてくれたが、表情は暗い。みんなの前で自慢話ばかりをし、翌朝、裁判に臨んだ。

裁判神　君はあの世で大きな功績を残した。人道上層部にある「学者の町」に行き、講義を続けなさい。

A　わかりました。

裁　その代わり、あの世での功績は全て剥奪する。その理由は、あの世での人に対する態度が非常に悪かったからだ。君は、頭脳は優秀だが、人間的には立派だとは言えない。人の恨《うら》みを買っている。今後は、人との交流を通じて、人格の向上に努めなさい。

判決に少し不満があったが、黙ってうなずいた。優秀な頭脳は残っており、学者の町に行くと、得意満面だった。あの世と同様に幅を利かそうとしていたある日、講義を求められ、あの世で研究した成果を発表した。最初は簡単な講義から始め、段々と専門的な分野に入っていった。話が分かりやすく、大きな拍手が湧いた。講義終了後、かつて競った学者たちが集まってきて「次は私の教室で講義をお願いします」と願い出てくる。学者たちが自分を尊敬の眼差しで見ていることがはっきり見て取れた。そのときの学者たちに対する態度は、あの世のときと同様、横柄であった。それでも学者たちは、低姿勢で接した。Aの独壇場である。そんな輝かしい日々が、一年間続いた。

その後は少しずつ勝手が違うようになってきた。研究した得意分野の説明ができない。何も思い出せない。質問に対し、沈黙が続く。学者たちは何か変だと感じたが、理由が分からない。Aは、自分の異変に気付いていながら、平静を装って更に講義を続けたが、ひどくなるばかりであった。ついに、頭脳の低下を隠せなくなり、講義から逃げ出した。自分の居場所は学者の町であるが、恥ずかしくて居られない。結局、あの世での功績は剥奪された上に居場所もなくなり、その不満を、学者の町の監督神に訴えた。

A　私はこの世に来て裁判を受け、あの世の功績を剥奪されました。この世で講義をするよう命じられて、まじめに講義をしてきました。それなのに、頭脳まで取り上げられるのは納得できません。

監督神　裁判の神様は、あの世での功績を剥奪したが、優秀な頭脳は残してくださった。その目的は、わかるか。

Ａ　この世で講義をするのに必要だから、残してもらったと思います。

監　「人との交流を通じて、人格の向上に努めなさい」と言われたのを忘れたか。

Ａ　確か、そのようなことを言われたような気がします。

監　裁判の神様は、君が心を入れ替え、横柄な態度を改めることを期待しておられた。しかし、君はあの世のときと同じように、自分の有能さを鼻に掛けて他人の研究成果を否定したりして、勝手な振る舞いをした。性格を直す意思がなく、将来も他人を思いやっての行動ができないと判断されたから、与えられていた頭脳を徐々に取り上げられてしまったのだ。優秀な頭脳を残していただいたのに、なぜそのことに気が付かなかったのか。態度を改めていたら、優秀な頭脳を取り上げられることはなかったのに。

それと、何のためにあの世に行ってきたのかな？

Ａ　私の修業目的は、性格を直すことと、恵まれない人に対し、たとえ心が伴わなくても、形だけでもその人のためになることをし、やがては心底その人のためを思って行動できる人間に成長することでした。

監　そうだな。前半生は良かったが、高い地位と強大な権力を手にしてからの後半生が悪かった。君に与えられた優秀な頭脳は、君が長い年月をかけて積み上げてきたものではなく、前世の功績に対する褒美として特別に与えられたものであった。君はその能力を活かし、立派な功績を残した。多くの研究成果を発表し、社会貢献した。それは認める。しかし、その後がいけなかった。自分より能力の低い者の人格を否定していじめたり、研究に参加させなかったりと、高い地位を悪用していたではないか。それによって、多くの研究意欲のある者を泣かせた。

能力の高い者は、高くない者の能力を引き上げるべく、気を配らなくてはならない。他の者の研究意欲が高まるように、良い環境をつくらなければならなかった。ところが君は、研究意欲を失わせた。違うかな。

A　確かに私の性格は悪く、能力の低い者を見ると腹が立つのです。私より能力の低い者を見下し、やる気をなくさせてしまいました。今考えると、私の心ない言動で、研究会から去っていった人も大勢いたと思います。

監　頂点に立つ者は、自分だけが活躍するのではなく、下の者を引き上げなければならない。更には研究者以外の、部外の者も研究に興味を持ち、研究に参加したくなるように取り計らわなければならない。裾野が広がるようにし、研究分野に多くの人を参加させて発展させなければならないのだ。それが頂点に立つ者の責務である。

君はあの世で成功させてもらったのではなく、させてもらったのだぞ。この世に戻ってくれば、お返しするのが筋ではないのかな。

A　はい。何もお返しできていません。人格そっちのけで、頭脳だけで生きていました。

監　誕生の神様は、すぐれた頭脳は特別に与えたものの、立派な人格は与えなかった。立派な人格は特別に与えることはできない。君が君でなくなってしまうからだ。

君は、上には礼儀正しいが、下には横柄である。そこを改善しなければならない。相手が下手に出てくれば、自分はもっと下手に出るくらいでなければならない。それを期待していたが、君は人を見下し、自分勝手に振る舞った。君の周りの人は、君をどのように評価し、この世でどのような罰を下してほしいと思っているか分かるか。

A　え〜。そんなことまで、今後の私の生活に関係するのですか。たぶん、厳しく罰してほしいと思っているでしょう。私を恨んでいる人は数え切れないほどいると思います。

監　そのとおりだよ。「俺は天才だ」とか言って天狗になっていたが、この世に来てその能力を返還させられたときに、自分の無能ぶりを知っても遅いのだ。あの世で偉そうに振る舞っていた者ほど大恥をかくことになる。今からやるべきことは、研究会を去った人の所に行って謝罪し、許してもらうことだ。

A　そんなことを言われても、私にはその人たちの居場所が分からず、また大人数です。捜し出すことなどできません。それは無理難題です。

監　そういう君こそ、あの世で助手に対して無理難題を吹っかけたりしていじめたり、妻にも大変な苦労を強いていたではないか。

A　どこまで行っても私は浮かばれないのでしょうか。

監　そうだ。深く反省するしかない。人間は、良い面と悪い面を併せ持っているが、ただ、どちらを多く持っており、どちらを多く表に出すかの違いだけだ。君は優秀な頭脳と激しい性格とを併せ持っていた。どちらを出して、どちらを引っ込めるかだったのだ。来世で改善することを期待する。

Aは一年間いた人道上層部から、人道下層部に落ちた。悔しくてたまらない。反省しなかったことで、階位は更に下がり、修羅道に落ちた。「いじめの町」で言葉の暴力や、殴る蹴るの暴力を受け、不満が噴出した。ついに、畜生道まで落ち、このままではいけないと思い直して猛省に転じたが、いじめはなくならなかった。それでも必死に耐え、五年後、修羅道に上がった。

再び「いじめの町」に行かされ、前回と同じようないじめを受けた。精神的にも肉体的にも耐えきれず、町の監督神に誕生を願い出た。監督神は誕生神に取り次いでくれ、誕生神に呼ばれた。

誕生神　君はあの世で、高い知能と地位を鼻にかけ、自分より下位の者をいじめたりして苦しめた。だから、次の世では、いじめを受け、それに耐えるのだ。それがいやなら、今の生活を続けるしかない。どうする。

A　はい、生まれ変わりたいです。絶対に耐えてみせます。

誕　いじめに耐えきれずに逃げ出したら、もっと不幸な目にあうのだぞ。

A　大丈夫です。何があっても逃げません。

誕　よし。いじめられるだけに終わっては、あの世で生きた意味がなくなる。何かを掴み、何かを改革せよ。

A　「何か」とは何ですか。

誕　それは、自分で考え、実行するのだ。そこに、修行する価値がある。教えてもらって実行したのでは値打ちがない。

A　はい、いじめに耐え、その「何か」を見つけ出し、成果を上げて帰ってきます。

誕　それでは中流家庭の女に生まれさせてあげよう。

B ✦ 神や宇宙について議論を重ねた女

Bは誕生神から、争いの絶えない町を平和な町につくりかえる使命を課せられ、宗教家の長女として生まれ変わった。父は神やあの世の存在、神と人間との関係について説教をしており、父の教えを受けたり、独自で勉強したりしていた。

神や宇宙について疑問に思うことを父に質問したが、父はいつも「人それぞれ、違った見方をしていていいんだ。絶対こうだと言えるものはない。自分がこうだと思ったことが正しいんだ」と言って、はっきりとは答えてくれなかった。

Bは仲の良かった友人LやMとよく議論をした。

友人L　Bは勉強熱心で、お父さんに色々質問しているようだけど、なかなか答えてもらえないようね。私も色々疑問を持っているのよ。私の質問に答えてよ。

「宇宙の果て」という言葉があるけど、その果ての外側はいったいどんな所なのか。

B　そうね。私の考えでは、宇宙には果てはないのよ。

友人M　ええっ、それじゃあ、どこまでも空間が続いているということなの？　分からないなあ。想像もできないね、果てがないというのは……。
L　この宇宙は、この世は、どのようにしてできたのか。自然にできたのか。それとも「神」と言われる者によって創られたのか、どっちなの。
M　宇宙は神によって創られたものであり、宇宙のどこかに神がいると思う。どこにいて、どれくらいの大きさかと聞かれると、それは分からない。
B　私は違う。宇宙は神によって創られた、というより、宇宙全体が神そのものであり、神そのものが宇宙であると考えている。ここで言う神とは「最高神」とか「天地創造の神」「全知全能の神」と言われる一番上の神のことなの。だから神と宇宙は一体のものであり、神が宇宙を創ったとは考えていない。ただ、宇宙の果てや神の始まりについては分からない。人間の頭は、それが理解できるようには作られていないからだよ。
M　でも、神はないのではないかと思うときがある。なぜなら、本当に神があるのなら、この世に悲劇が起こるはずがない。不幸な人を助けてくれるはずなのに、助けてくれているとは思えないなあ。
B　私はそこのところを一番真剣に考えた。「神は善でもなければ悪でもない」。また「善でもあり悪でもある」。すなわち、両方兼ね備えているのが神である。それと「男でもなく女でもない」というのが、私の導き出した答え。
最高神は宇宙全体を動かすだけで、何もしない。ただ、多くの神々を創った。善の神も悪の神も、男の神も女の神も。誕生当時から善の神もあれば、悪から善に変わった神もあり、善から悪に変わった神もある。それらの神々にはそれぞれ役割を与えた。善の役割も悪の役割も。そして、最高神は善を助けるわけでもなく、悪を助けるわけでもない。悪にやりたい放題させている。悪がはびこるのも、そのためである。
もし神が全て善であればこの世は善で満たされるが、残念ながらそうではない。悪の神にあやつられている人間は、他人を悪に導くようにささやき、仲間を増やそうとする。

L それじゃあ、最高神は人間に対して働きかけることはないが、最高神に創られた善の神が人間に働きかけて善を行わせたり、悪の神が悪を行わせたりすることはあるということかぁ。
それにしても、わからないことがある。なぜ、悪をつくったのか。悪なんかつくる必要ないじゃないか。全てが善で、皆が幸せで、それでいいじゃないの。いつも平和で……どうして悪をつくり、戦争なんかさせるんだよ。

B 悪があるから何が善であるかがよく分かる。善だけでは、何が善だか分からないからだよ。もしかしたら、神は人間が悪と戦って成長して行くのを期待しているのかもしれないね。

L　それが神の意思なんだろうなあ。では、次の質問。人間は死ねばあの世に行くのか、それとも、何もなくなるのか。

B　死ねば、あの世に行く。あの世は絶対にあるよ。見たことないけど。

M　実際、あの世があって、神なるものが存在するのか？

B　そうだよ。そして、最高神によって創られた多くの神々が、様々な部署を担当している。風の神や雷の神がいるし、裁判を司る神や住民を監督する神がいる。もちろん、悪の神もいる。悪魔と呼ばれたりするけど、人間に悪さをさせる。でも、最高神は何も働きかけない。宇宙そのものであり、この世もあの世も全てが最高神の体の中にあるんだからね。

M　へえ〜。私たちは最高神の体内で生活しているっていうことなの？　悪い言い方をすれば、悪魔の危険にさらされながら、ほったらかしにされているんだよね。でも、その危機をどう乗り切るかは、人間にゆだねられているんだ。きっと、そうだよ。

L　最高神は、人間がどんなに不幸な目にあっていても、悲惨な戦争をしていても、ほったらかしなの？

B　そうね。仕方がないよ。それが神のやり方だから。

L　よく、神も仏もないと言うけれど、本当にそんな気がする。

B　そうじゃないよ。全ては人間に任されているのよ。人間が自分で未来を切り開いて発展し、向上していくことを。神が手助けすると、意味がなくなる。幸と不幸、健康と病気、平和と戦争とを繰り返し、少しずつ少しずつ前進しているのよ。

L　じゃあ、「前世」とか「来世」という言葉があるけど、本当に生まれ変わり死に変わりしているのか？

B　そうよ。だから、生まれながらにして特殊な才能を持った「天才」と言われる人がいたり、生まれつき病弱な人がいたりする。幸せな人とそうでない人がいるのよ。それは前世との関係や特殊な使命が強く影響している。今世をどう生きるかによって、来世が決まるんだ。

M　うん、それは分かるような気がする。だって、仮に、生き変わり、死に変わりしていないとしたら、つまり、人生は一回きりとしたら、生まれてきてすぐに戦争に巻き込まれて、死んで、それで終わりとなれば、あまりにもかわいそうすぎる。不公平すぎる。

Bは友人と会話する以外にも、神や宇宙、あの世とこの世の仕組みなどの話を交え、町の人に向かって幸せになる道を説き始めた。最初のころは「信じられない」と非難を浴びたが、どうすれば信じてもらえるかを考えながら説き続けた。ねばり強く町の人との議論を重ねると、Ｂの教えは町中に広まり、争いの多かった町は平和になった。それを見届け、六十年の生涯を閉じた。

Ｂがみんなの広場に到着すると、曾祖母が迎えてくれた。広場では、神の世界や人類の未来について議論がされており、Ｂも参加しようとしたが、曾祖母に制止された。
翌朝、裁判を受けるように言われ、裁判所に行った。

裁判神　君は、宇宙の果てや神の始まりについては、人間の頭では理解できないと言っていたが、そのとおりである。人間の頭には理解の限界があり、その限界を超えているからだ。力の小ささを知るべきである。

Ｂ　やっぱり、そうでしたか。ありがとうございます。

裁　君のお陰で、争いの多かった町は平和になった。中間層の女に生まれ育ち、使命を全うした。合格だ。天道下段にある「議論の町」に行って、更に向上しなさい。

裁判所を出て六道の辻に行くと、曾祖母が待っていた。

曾祖母　お疲れさま。天道行きの判決をもらって、よかったね。実は、私も「議論の町」に住んでいるのよ。一緒に行こう。

B　はい……もう、着いたのですか。お父さんやお母さんは、どこにいるのですか。

曾祖母　お父さんもお母さんも、人道に住んでいるのよ。お父さんは人道の中段に、お母さんは人道の下段に住んでいるの。

B　ええっ。この世に来れば、家族全員、一緒に暮らせると思っていましたのに。

曾祖母　同じ家族でも、階位が違えば、住む場所も違う。もし、家族に会いたければ、階位が上の人が、下の人の所に降りて行くか、みんなの広場で会うしかない。下の人が上に行くことはできないからだよ。裁判所に行くときと、みんなの広場に行くとき以外は、下から上には上がれないの。

見てごらん。天道では、下界の人々の救済活動が盛んに行われていて、活気に満ちているだろ。

B　餓鬼道や畜生道に行っても、大丈夫なんですか。厳しい所と聞いていますが。

曾祖母　私たちが餓鬼道や畜生道に行っても、暴力的な人から攻撃されることはない。

B　えっ。暴力的な人ばかりが集まっている所に行っても、本当に大丈夫なのですか。

曾祖母　階位が下の人が上の人を攻撃したり、逆らったりすることは絶対にできないようになっている。それほど、この世の上下関係は厳しいの。でも、自分が上だからといって、絶対に偉そうな態度を取ったらだめよ。下の人を思いやる気持ちが最も大切なの。

私たちのいる議論の町でも、議論好きの人が集められ、活発な議論が行われている。どうやったら下界の人を助けることができるかを考えている人もいれば、自分が論争に勝つことばかりを考えている人もいる。その人は、自分がこの町で一番偉いと思っているのよ。

B　あっ、あの男の人が、女の人と議論して、勝ったみたい。偉そうな顔をしていますね。

曾祖母　そうね。あの男の人は、あの世で大きな功績を挙げたらしい。だから天道に来ることができた。あの世での成功論を毎日のようにやっていて、連戦連勝だよ。

B　すごいですね。私もあんなに強くなりたいです。

曾祖母　あの男の人を長い間見ているけど、少しずつ階位が下がっている。本人は気付いていないようだけどね。だから、議論に参加したらだめ。下界の救済活動に参加しなさい。

その三日後、曾祖母は誕生神に呼ばれ、あの世に誕生した。その後、Bはどうしても議論に参加したくなり、持論を展開した。下界の救済活動にはあまり参加せず、論戦を繰り広げ

ている と、少しずつ階位が下がり、約二十年後、人道に落ちた。

人道の「学者の町」に行き、宇宙の成り立ちについて研究したが、成果は得られなかった。二十年後、誕生神に呼ばれ「君は天道で論戦に勝っていたが、相手の話をよく聞いて、そこから真理を会得しようとしなかったのは残念である。次の世では、生活にも活かせる真理を会得しなさい。病弱だが、やや裕福な農家の長男に生まれさせよう」と言われ、次の世に誕生した。

C ✴ 人々に辛抱することを説いた尼

Cはあの世からこの世に来る前、誕生神に「あの世に行って、人々に辛抱の見本を見せてきます」と言っていた。心の奥底にそんな気持ちはあるのだが、記憶としてはもう消えてしまっている。小さなお寺の長女に生まれ、幼少の頃から尼になるため父の教えを受けていたが、尼になることには戸惑いがあった。そこで、思い切って父に自分の気持ちを打ち明けた。

C 私には、心のどこかに「男の子と遊びたい。趣味の和歌に興じたい」という気持ちがあります。こんな気持ちを持ったまま、尼になっていいのかと、悩んでいます。

父 人間には欲望があり、その気持ちと戦うことも修業の一つである。自分の欲望を捨てる必要はない。むしろ大切にすべきだ。

C 戒律に縛られたくないといった気持ちが常に邪魔をしているのです。戒律を破ってもいいでしょうか。

父 戒律は守りなさい。どうしても守れそうにないときは言えばいい。どうすればいいか教えてあげるので、安心して修業に励むのだ。

Cは修業を積み、尼になった。しかし、欲望は心のどこかに残っており、それが修業の妨げになっていた。それを父に打ち明けることができないでいるうちに、成人したばかりの町人女性から質問を受けて答えた。

女性　国は人を平等に扱うと言っていますが、生まれた時点ですでに差がついていれば、その後、どんなに平等に扱われても、差が開くばかりです。

C　それは、人それぞれ、前世や使命などが違うので、差が出るのは仕方がないのです。前世で努力してきた人、してこなかった人、功績を残した人、残していない人などがいて、人それぞれ運命や使命が違うのです。

女性　わがままかもしれませんが、たとえそうだとしても、それでも私は全ての人が、生まれた時点で平等であってほしいのです。

C　気持ちは分かりますが、そうはいかないですよ。もし仮に、現時点で、あなたが言うような平等な世の中であるとしても、人により努力の度合いが違うのですから、数十年たつと、差が出てしまいます。

女性　はい。でも、もしそのとき、お金持ちの人が貧乏な人に財産を分けてあげれば、平等な社会ができてみんな満足し、貧乏な人もやる気が出ると思いますよ。

C　確かに、やる気が出る人もいると思いますけど、多くの人は財産を分けてもらったことに感謝し、貧乏から抜け出せたことに満足しても、あまり努力しないと思います。再び貧乏になり、またお金持ちの人が分け与えてくれることを期待すると思いますよ。普段、努力しない人は「ここ一番」という絶好の機会が巡ってこない限り、努力しないのです。そしてまた元の状態に戻るのですよ。怠け癖はそう簡単には直らないのです。

女性　それは違いますよ。怠けるのは、能力が乏しく、努力しても報われないからです。寺子屋の授業でも、ついていける子とついていけない子がいます。生まれつき能力が違えば、同じように努力しても結果が違い、結果が悪ければ、やる気が失われます。生まれた時点ですでに能力が違っていることに問題があるんですよ。やる気の原点は能力で、能力があれば結果が出てやる気も出ます。能力がなければ結果が出ず、やる気も出ないんですよ。

貧乏でこれといった能力のない人は、どんなに努力しても普通には生きていかれない。能力の高いあなたにとっては他人事のようでも、私にとっては苦しみ以外の何物でもないのです。あなたは貧乏になったり、能力の低い状態を経験したりしたことがないから、私の気持ちが分からないんですよ。

C　そんなことはないです。私もまだ若く、能力は高くありません。やりたいことがたくさんあります。欲望の塊です。これも人により、強い人とそうでない人があります。私のように欲望が強いと、辛抱するのに苦労します。でも、その辛抱が私の修業だと思っています。

今、貧乏で能力が低いと思っていても、今ある能力を活かして努力すれば、必ず改善できます。その努力が大切で、その積み重ねが人生です。人生は一回きりではなく、生まれ変わり死に変わりして成長し、何回も続くのですから。急に生活を良くしようと思わずに、地道に努力していれば、必ず報われます。

女性　近所のおじいさんが言っていました。どんなに努力しても、一生涯、社会の下積みに終わる人がいる一方で、生まれや育ちが良く、親の財産を引き受けて、一生涯、苦労しない人生を送る人もいると。それが現実であると私も思います。

C　それは、そのおじいさんがこの世のことしか見ていないからですよ。人は大昔から生き続けていて、これからも生き変わり死に変わりして生き続けるのです。たった五十年前後の一生涯だけを見て、良し悪しを決められるものではありません。大切なことは、一生懸命に目標に向かって努力することと、たとえ報われなくても、辛抱することです。

Cは自分の考えに確信を持っていたわけではないが、人の人生をつぶさに観察し、正しいと思うことを熱心に説いた。そうしているうちに、足かせになっていた欲望は、いつの間にか消えていた。

女性との対話の約十年後、父が亡くなり、寺を継いだ。町人男性から人生相談を受け、自信を持って答えた。

男性　私は二十年この世に生きていますが、いまだに生きる意味が分かりません。毎日建築作業をして食事をし、寝てまた起きて、建築作業をして、これの繰り返しです。何の目標もなく生きています。人間は何のために生きているのでしょうか。

C　人間がこの世に生きる目的は大きく分けて三つあります。

○　自己を高めるため。

○　世の中に貢献するため。

○　子孫を残すため。

自己を高めるとは、向上心をもって、人格、知識、技能、身体能力などを高めることです。

人格を高めるには、利他の精神を持つことが一番です。人を愛し、人の成功を喜ぶ。自分のことよりも全体のこと、他人のことをできる限り優先させる。約束を守る。自慢しない。他人の悪口を言わない。自分の悪いところを指摘されたら素直に非を認め、他人に責任を押しつけない。立派な人と認められることだと思えばいいのです。修業の中で、最も難易度の高いものです。

知識、技能、身体能力などを高めるには、今の仕事を一生懸命にやっていれば、自然と高まるでしょう。ただ、人並みで満足するのではなく、頂点を目指すべきです。

男性C そんなことを言われても、一生の間にそれを全てやってのける自信はありません。

「輪廻転生《りんねてんしょう》」いう言葉を聞いたことがあるでしょう。死んでは生き返りして、あの世とこの世を行ったり来たりしているのです。これを繰り返しながら、心身共に、完璧な人間になろうとしているのです。

一回の人生で完璧な人間になることは、到底できません。例えば、一か月後に登用試験があるとします。一日で全ての範囲を勉強することは普通はやりませんし、できません。一日である程度のことを覚えたら寝て、翌日に起きてまた勉強します。これを繰り返すのです。それと同じで、今世で何か目標を持って生き、達成できれば、来世に新たな目標が生まれます。それが達成できれば、来々世にまた目標が生まれます。そうやって、少しずつ向上して行くのです。

最終的には、

○　他人のことを第一に考えることができる立派な人格。

○　世の中に貢献するために必要な知識、技能。

○　思ったことを行動に移すことができる実行力。

○　健康で、身体能力が優れた体。

これらが備わった、完璧な人間ができあがり、神仏へと昇格するのです。こうなれば二度とこの世で修行をすることはなくなるのです。全ての人がこうなれば、輪廻転生はしなくなり、地球の使命は果たしたことになります。それが五十六億七千万年先で、そのとき、地球は消滅すると言われています。

男性　そんな遠い、遠い、先の話なんですね。それと、私たちはなぜ、病気や災難などの不幸で苦しまないといけないのですか。

C　善行だけでは、なかなか過去の罪が消えないので、苦しみを味わうことによっても、過去の罪を消してもらっているのです。

また、人間は、快適な環境下にあると、それに満足して何も考えず、努力することがありません。ところが、病気になったり災難にあったりすると、それを防ぐための努力をします。他人より能力が劣っていて悔しい思いをすると、その人に追いつこうと努力するでしょう。そういった努力をさせるために、苦しみが与えられるのです。

男性　私が恵まれない環境下に置かれているのは、向上せよということですか。

C　そうです。あなたは建築作業をなさっているのですから、国で一番の建築家を目指せばいいじゃないですか。親方や先輩に教えてもらったり、技術を盗んだりして、誰にも負けない一流の建築家になればいいと思いますよ。その技術は死んでからも、来世でも活かせますからね。技術が未熟で、人に尋ねたり命令されたりする身から、人に教えを乞われ、求められる身に立場が変わるのです。そうやって向上することが人間の生きる意味の一つです。

男性　はい、やってみます。

C　二つ目の「世の中に貢献する」とは、奉仕活動や寄付行為、新技術の開発その他、世の中に貢献する一切の行為です。自分を犠牲にして他人に尽くすのは美しい姿ですが、自分の全てを犠牲にする必要はなく、できる範囲内でいいのです。自分も他人も共に得をするのが理想です。

人生を楽しむために生まれてきたのではないのですが、何の楽しみもなければ生き甲斐がないので、楽しみが与えられているのです。仕事が趣味になれば理想ですが、仕事以外にも、楽しんで打ち込める趣味を持ってください。努力の結果が出て成功し、それが世の中のためになればいいのです。

あなたにしかできない立派な建築技術を身につければ、その技術を広めることによって世の中に貢献できます。また、多くの人に愛され賞賛される建築物を建てれば、それによって世の中に貢献できるのです。ただし、この世の功績は、自ら公表するようなことはしないでください。この世で功績を挙げると、徳を積むことになります。しかし、名前が公表されると、世間から称賛を受け、せっかく積んだ徳がこの世で幾分か消費されてしまうのです。徳は全てあの世に持って行くべきなのです。それと、自慢することは、神様のお力添えがあったことを無視して自分の力だけで成し遂げたと言っていることになりますから、絶対にしないでください。

三つ目の「子孫を残す」ことについては、他の動植物の生き方を見ればよく分かります。最も感心させられるのは、自分の命を犠牲にしてまで子孫を残す動物の姿です。自分の命をかけて卵を守り抜き、無事に誕生したのを見届けて死んで行く動物もいます。

それに比べて人間は「自分一人の方が自由に生きられる」とか「自分が遊ぶのに子供がじゃまになったので殺した」とか言う人がいますが、他の動物が聞いたらびっくり仰天するでしょう。こんな人ばかりになってしまうと、人類は百年もしないうちに絶滅してしまいます。

男性　私はよく人からいじめられるのですが、いじめられやすい人とそうでない人、立派な人とそうでない人、幸せな人とそうでない人がいると思うのです。どうして人間にはこんなに差があるのでしょうか。

C　理由は二つあります。一つは、過去に人間が輪廻転生する中で、どれだけ精神的、肉体的に自分を磨き向上してきたか、どれだけ善を行いまたは悪を行ってきたかによって差が出ます。いじめや暴力などを受けるのも、前世に関係することが多いのです。自分が前世でしたことが報いになって返ってくるようになっています。ですから、自分を苦しめる人がいても、やり返さずに受け流す方が、自己を向上させる近道になります。自分を苦しめた相手はあの世に行ったときに、この世で受ける刑罰より数倍苦しい刑罰を受けることになります。その人はかわいそうな人なのです。

もう一つは、たとえ前世の行いがどうであれ、神から特別の使命を課せられている場合です。例えば、組織の頂点に立って世の中を改革するとかの使命です。また、身体に障害をもたされて苦しみ、便利なものを開発するような使命を課せられることもあります。

すなわち、過去の行いによって差が出る場合と、神様から特別に与えられたものによって差が出る場合があるのです。

男性　私は頭が悪く、建築作業をしていても、図面が理解できなかったり、なかなか仕事が覚えらなかったりして、親方に叱られています。建築作業は見た目より単純ではなく、頭脳が必要です。どうして先輩や後輩が理解できていることを私はすぐに理解できないのでしょうか。自分の頭の悪さが腹立たしいです。

C　人間は、何回も生まれ変わって様々な経験をしたことにより持っている知識、技能の他に、神から与えられた特別の知識、技能があります。これには、人により個人差があり、それぞれの使命の差異により、与えられる知識、技能も異なります。

大きな使命を帯びている人にはそれなりの知識、技能が与えられ、それを磨き、活かすことにより使命を遂行します。大きな使命を帯びていない人でも、知識・技能を習得し、仕事に活かすことが求められます。知識、技能が他人より劣り、それが悔しくて向上心をかき立てるものであれば、知識、技能の習得が人生の課題なのかもしれないので、悪く考えないことです。

理解力が低く、授業について行かれるだけの頭脳を与えられない人もいます。それはそれなりの使命や理由があるのです。「理解力が低い人のために、誰にでも分かるものを開発する」という使命を課せられているのかもしれません。それは、理解力の低い人にこそできる仕事ですから。悲観的になっていては、道は開けません。もっと分かりやすい、誰が見てもすぐに理解できる図面を開発することに挑戦してみてはどうですか。

男性　ああ、そうですね。もし、それができれば、困っている人に喜んでもらえますし、自分の人生のはっきりした目標が定まります。

C　そうです。何にでも挑戦することです。世の中に貢献することを目標にすれば、やる気が倍増するでしょう。

それと、自分の仕事に精通し、質問に対し何でも答えられるようになることも大切です。他人任せで人に頼り、分からないことは何でも人に聞いているようでは、いつまでたっても向上しません。また、知識人と言われるようになることも大切ですが、世間一般の常識・良識を身に付け、教養を高めることも大切です。

男性　確かに私は人より一般常識に欠け、物覚えが悪く、理解力も低かった。よく馬鹿にされたり人格を否定されたりして悔しい思いをしました。こんなことが許されるのでしょうか。

C　もちろん、許されません。しかし、あなたも前世で同じことをしていたのかもしれないですよ。だから報いが来たのかも。でも、自分がされていやなことは他人もいやなのですから、自分がされても他人には絶対にしないことが大切です。馬鹿にされたことを悔しがり、努力する人もいます。もしご自分が馬鹿だと思っておられるのなら、神によって特別に与えられた馬鹿だと理解し、悲観することなく、それをバネに努力してください。

男性　自尊心を傷つけられ、ずっと気にしていました。向上することだけを考えていればいいのですね。

C　そうですよ。知識、技能を磨くときに大切なのが向上心です。知識、技能を習得しようとすれば、苦労することになりますが、向上するには苦労するのがいいのです。

仕事をやっていくにはどうしても、仕事に関する知識、技能が必要になります。他人にその知識、技能があり自分にはない場合、他人に主導権を握られ、従わざるを得なくなって悔しい思いをした経験はあなたにもあるでしょう。そこで悔しいのを辛抱して努力し、知識、技能を習得するように方向づけられているのです。目の前に壁が立ちはだかり、どうしても乗り越えなければ次へ進めないようになっています。それに気付かずに「うっとうしい、面倒だ」と避けて通れば向上の機会は失われるのです。

知識、技能を習得してしまえば、人から信頼され、求められ、有意義な人生を歩むことができるのですから、壁を避けずに乗り越えてください。

男性　そう言われれば、私は面倒なことを避けてきたような気がします。

C　そうでしょう。それがいけないのです。自分の知識、技能を活かして生計を立てるとなれば、それを磨き高める必要があり、相当な努力をしなければなりません。趣味として個人的に楽しんだり、近所の人に教えたりするにしても、ある程度の努力が必要です。体力の向上に関しても、武士であればもちろんのこと、建築家であっても体力の向上は必要不可欠です。最後に決定づけるのは向上心であり、努力するか怠けるかで勝負は決まります。努力できるというのも、能力の一つなのです。思い通りにならなくても、辛抱して努力してください。

男性　私は人から指摘を受けたり、仕事が思い通りにならなかったりすると、すぐに怒ってしまいます。というか、怒ることが降って湧いてくるように感じるのですが。

C　いいところに気が付きましたね。人格向上の一つに「怒らないこと」というのがあります。「怒りは敵と思え」という言葉があるように、怒りは向上するのに大敵であり、神はわざと人間を怒らせ、その怒りを抑える修行をさせます。怒りを抑えることができれば、更に向上するのです。

　自分を厳しく叱る親、厳しい親方や先輩、自分をいじめる人は、全て自分が向上するために神が差し向けた修行の道具なのです。自分を怒らせる人はうっとうしい存在ですが、神が差し出した壁であり、ありがたく受け止めて、乗り越えなければならないのです。これを避けて苦しみから逃げれば、いつまでたっても成長しません。結局、この世に何をしに来たか分からないことになるのです。剣術のけいこに来て、打たれるのが痛いからと言って、見学だけして帰るのと同じことです。

Cはその後も町人の悩みを自分自身のことと受け止め、心のこもった対応を続け、六十歳で亡くなった。

✦

みんなの広場に着くと、あの世でCから教えを受けた人たちが迎えてくれた。長老たちを交えて談笑し、翌朝、裁判に臨んだ。

裁判神　よくやってくれた。あの世の人間は、辛抱が足りないから、すぐに投げ出してしまう。

C　はい。あの世の人に辛抱の大切さを教えるのはむずかしいです。その前に、この世の存在を信じさせることから始めないといけないですから。

裁　そうだな。ところで、よくやってくれた君に、一つだけやり残したというか、やって来てほしかったことがある。それは、親孝行のことだ。

親が生きている間に、衣食住の全てで面倒を見て幸福感を味わわせてあげたり、贈り物を届けて喜ばせたりと、見ていてほほえましいことであるが、実は、それだけでは足りない。

裁 C えっ。まだ足りないのですか。

本当の親孝行とは、親がこの世に来たとき、迷ったり苦しんだりしないようにすることである。生きているときに、至れり尽くせりの何不自由のない幸せな生活を送らせてあげることとは少し異なるのだ。君も知っているとおり、この世に来て特に必要なのは、

○　誰に見られても恥ずかしくない、清らかな心。
○　人から教えを乞われるだけの、すぐれた知識と技能。
○　あらゆる活動ができる、健康な体。

である。

どれも急ごしらえではできないので、あの世で身につけておかないと、この世に来たときに困る。あの世で子育てをするときに、生きていくために必要な道徳や知識、技能を教えるのと同様、この世で生きていくために必要なことを身に付けてもらい、この世に来たときにすぐに溶け込む準備をしてもらうことだ。

そのためには、先ほども言ったが、

○　死ねばこの世で新たな生活が始まることを信じ、他人のことを思いやる清らかな

心を持つこと。

○　この世でもあの世と同様の知識、技能が必要であり、知識、技能がなくて教えてもらう立場よりも、知識、技能があって教える立場でいるほうが、幸せであること。

○　あの世での肉体をこの世でそのまま使用することから、暴飲暴食を避けた食生活を送ることなど、健康体を維持する生活習慣を身につけること。

を重点的に教えてあげ、この世に来てから苦しまないようにしてあげなければならない。

特に、あの世での生活が至れり尽くせりだった人は、この世に来て困惑している。その姿を見るのは実につらい。子供たちは親を喜ばせようと一生懸命になっているのだが、それだけでは足りない。もちろん、冷遇するよりはよっぽどいいのだが、欲を言えば、この世での生活の準備をさせてあげてほしい。そのことを人々に教えてほしかった。

C　そうですね。大事なことをやり残してしまいました。

裁　まあ、いい。完璧な人生なんて、ない。やり残したことがあるくらいが、ちょうどいい。次の人生の目標になるから。合格だ。天道に行って、あの世の人々の暮らしぶりを、じっくり観察しておきなさい。

Cは天道に召され、天道から、あの世にあるCの寺の近くを見た。すると、寺の近くの店で大番頭をしていた男Nの姿が目に入った。その店は染め物を扱う大きな店で、そのNが部下を酷使したことにより、店の売り上げが大きく伸びた。Nは部下に「昼は、客が途切れた隙に急いで食事をしろ。食事が済んだらすぐに仕事に戻れ」とか「一日の売上目標を達成するまで帰ってくるな」とか言って命令し、部下の健康など、全く考えなかった。また、店主の指示には全く従わず、「部下をそんなに甘やかしては店の売り上げに響きます。店が潰れてもいいのですか」とか「あなたは店主の働きをしていません。私の働きによって、この店は持っているのですよ」と、病弱な店主の弱みにつけ込んで、勝手な振る舞いをしていた。

Cは Nと親しく付き合っており、Nの言動を快く思っていなかったが、町の有力者であったことから遠慮し、Nの言動を正すことをしなかった。「Nに死後の世界の存在を教えたりして、遠慮せずに、言うべき事はしっかり言うべきだった」と後悔した。

数年後、Nは死んでこの世に来て、裁判を受けた。あの世での態度の悪さを指摘され、畜生道に行くはずだった。しかし、染色の文化を発展させた功績が大きく、Nが人道に行くことを強く望んだため、裁判神は先の見通しが暗いことを知りながら、人道に行くことを認めた。その際、裁判神から「横柄な態度を改めなさい。人にはそれぞれ、立場や能力に違いがあり、そのことをよく考えた上で行動しなければならない。そうでないと、誰からも敬遠されてしまう」と注意を受けていた。

Nは気位が高く、あの世で染色の文化が発展したり、店が大きくなったりしたのは、自分の手腕が優れているからだと確信していたことから、態度を改めることはなかった。大商店の大番頭だったNも、この世に来れば、誰かに雇ってもらわなければならなかったが、気位の高さが災いして就職先は決まらなかった。度々、働きたい店を訪ねて行っては断られていた。

N　すみません。私はあの世で、染め物店の大番頭をしていた者ですが、この店で雇ってはもらえないでしょうか。必ず店を大きくしてみせます。

店主　あなたのことは、その店の主人から聞いています。自分勝手で、主人の言うことは全然聞かなかったそうですね。どうせこの店でも反抗的態度を取って、私を困らせるのでしょう。

N　そんなことはしません。あれは、主人が悪かったからです。私には、染色の文化を発展させた功績と、店の売上を伸ばし、店を大きくした実績があります。

店員　私はあの世でNさんと同じ店で働いていました。Nさんのせいで、私は健康を害しました。もう一度この人と一緒に働くのは絶対にいやです。

店主　私の店は、目先の利益よりも、お客様との関係や、従業員同士の関係を大切にします。

あなたのような人間関係を壊すような人がいては困るのです。

Nは諦めて帰るよりなかった。別の店でも、同じような断られ方をした。誰からも敬遠され、誰も面倒を見てくれない。しかも、人道から畜生道まで落ちてしまった。そこでNは、自分の住む町の監督神に雇用を願い出た。

N　私は、部下を働かせて売上げを伸ばす手腕を発揮するため、幾多の店を訪ね歩いたのですが、どこも雇ってくれません。どこか私を雇ってくれる店はありませんでしょうか。

監督神　君は人に対する態度を改めないと、だめだ。人にはやさしく、頭を低くして謙虚であり、決して横柄であってはならない。組織の上に立って部下を指導監督する者は、本人や組織のために部下を厳しく叱らなければならないのは分かるが、君はただ厳しいだけで、感情的に叱りつけているだけであった。部下を叱る場合に大切なことは、決してその場の感情だけで叱るのではなく、本人の成長を願い、愛情を込めて叱ることだ。君に叱られた部下は今、君のことをどう思っているだろうか。感謝されているかな。

N　たぶん、恨んでいると思います。でも、部下に気を遣って、ただやさしいだけの上司も役に立たず問題だと思います。

監　確かに、そうだな。後になって本人が、叱ってもらったことに感謝するか、ただうるさいだけの邪魔な上司だったと思うか、この違いは非常に大きい。また、やさしいだけの、ごきげん取りの上司は、組織の役に立たないばかりか、部下にとってもあの世の修行のためにならない。上に立つ者は、部下を立派に育てる役割を担っているのであるから、時には厳しく、時にはやさしく、思いやりを持って接する必要がある。

気に入らない部下であっても、神様が自分に授けてくださった大切な宝物だとありがたく受け止め、立派な仕事人に育てることこそ君の腕の見せ所であった。思い通りに動かない部下は、自分の悪い所を見つける機会を与えてくれているのかもしれない。まず自分の悪いところを改めることから始め、その上で本人のためを思い、厳しく叱るべきであった。また、仕事の苦労を理解した上で叱るべきであった。

九十五点の仕事をした部下に対し、五点足りない部分のみを指摘して叱っていた。これでは部下は素直に君の話を聞く気になれない。例えば「君の苦労はよく分かる。これとこれについてはよくやった。これについてはどうしてこんなことをしたのか」と言えば、「大番頭さんは自分の苦労を分かった上で言ってくれている」と素直に受け入れることができたはずだ。

ときには、あえてつらく当たることも必要だ。そのときは理解を得られなかったとしても、後になって「いい大番頭さんだった。もう一度あの人の下で仕事をしたい」と思われるであろう。多くの部下を持った者は、どれだけの部下を立派に育成したかが評価される。それは神や上司に評価されるというよりも、むしろ部下に評価されるということだ。

N 私のかつての部下は育っていないのでしょうか。

監 そうだな。結果を見ても、君の部下はあまり育っていない。人間的にも向上していない。君がどれだけ部下を育成したかどうかは、君の手を離れた後でどれだけ活躍するかで決まるんだ。君の部下であるときだけ活躍できてもだめなんだよ。君を良く評価する者はいない。せっかく店を大きくし、文化的貢献度も高いが、相殺されてしまう。

N わかりました。今後は気を付けます。何とか就職させてください。

監 君は裁判を受けたとき、裁判の神様から「横柄な態度を改めないと、誰からも敬遠されてしまう」と注意を受けていた。それにもかかわらず、雇ってもらおうとするとき以外は態度を改めなかった。裁判の神様は、君が態度を改めなければどんな結果を招くかを分からせるために、本来なら畜生道に行くところを、君の願いを受け入れて、あえて人道に行かせたのだ。だから、今は当初の予定どおり、畜生道に落ちている。

君は染色の部門で大きな功績を残した。この先、それにふさわしい階位まで上がれるかどうかは、今後どれだけ態度を改めるかで決まる。人から物事を頼まれ、信頼に応えると、飛躍的に上がれるが、君は高圧的で、無愛想であり、人から物事を頼まれたりすることもないので、現時点で、階位の向上は望めない。このまま畜生道で修業を続けなさい。

Cは Nの姿を見て、死後の世界の存在と、人に対する態度について教えなかった自分にも責任があると感じた。

天道で三十年間過ごしていると、誕生神に呼ばれた。「君はあの世で、様々な人の悩みを解決した。次の世では、中流家庭の男に生まれなさい。そして寺子屋を開設するのだ。今の子供には高い教養を身につけさせることが急務である。子供の身分に関係なく、分け隔てなく教えよ」と言われ、十八世紀の世に誕生した。

第7章

A ✦ いじめに耐えられなかった女

十八世紀の話である。

Aは生まれる前、誕生神から、いじめられる宿命を背負って、女として中流家庭に生まれるように言われていた。それがこの世で実際、十五歳になったとき、いじめを受けるという形で現れた。そこで、近所の和尚を訪ねると、次のように教えられた。

和尚　人はそれぞれ、あの世からこの世に生まれるときに、使命や課題を与えられる。それを果たすのにふさわしい環境も与えられる。「いじめを受けて罪滅ぼしをする」という課題を与えられた人は、どこへ行ってもいじめられる。転職をしても引っ越しをしてもいじめられる。その原因は、前世で人をいじめて苦しめたことによる場合が多い。

A　私はいじめられる宿命を背負っているのですか。

和尚　それは誰にも分からない。たとえそうだとしても、悲観することはない。いじめを受けることにより、過去の罪滅ぼしをし、いじめられる因縁を断つことができる。また「いじめのない社会をつくらなければならない」という気持ちを抱き、運動を起こす人もいるし「いじめられないように、強くならなければならない」と思って鍛錬に鍛練を重ね、やがては武道を教えることになった人もいる。これを成し遂げるのは並大抵のことではないが、どうせいじめられるのなら、正々堂々といじめに立ち向かえ。そして、大きな目標を持っていじめの因縁を克服し、社会の先頭に立てばいいんだ。

A　くどいようですが、私の今世と前世とは、どんな関係があるのですか。

和尚　それは、あの世に行って初めて、あの世とこの世との関係が分かる。あの世に行くと、この世に生まれた意義を教えてもらえるのだ。

A　なぜ、その意義が分かった状態で、この世に生まれて来ることができないのですか。

和尚　はっきり分かっていれば誰でも実行する。分かっていなくても実行することに意義があるんだ。それと、人間は過去のことを全て覚えているよりも、忘れてしまった方がいいからだ。不幸な出来事をいつまでたっても忘れることができなければ、悲しみは永遠に続く。また、立派な功績を残しても、その栄光が忘れられなければ、いつまでたっても自分の衰えや欠点を受け入れることができない。更に、前世とは時代が違うので、忘れてしまっている方が好都合である。過去世での自分の敵《かたき》に出会ったら、互いにどうなるのか。知らない方がお互いのためである。

ただし、過去の記憶や経験が心の奥底に刻まれていて、完全に忘れてしまうわけではない。今世で初めてやったことでも簡単にできてしまうことがある。それは、過去世で経験しているからだ。それが自分の特技になることが多いので、それを早く見つけ出すのだ。

A　はい、わかりました。変なことをお聞きしますが、いじめる人にも使命があるのですか。

和尚　いじめる側であるが、前世でいじめを受けて恨みを持っていると、いじめやすそうな子を見るといじめたくなってしまう。そして、いじめる側といじめられる側が出会ったときにいじめが発生するのであるが、いじめる側がいじめたいという欲望を抑えれば、いじめるはずだった側が成長する。「使命」というより「修業」だ。

A　それはどういうことですか。

和尚　「やろうと思えばできるが、してはいけないことなので、しない」と自分の欲望を抑え、辛抱するのが尊いのである。もし、いじめやすそうな子を見つけ、いじめたくなっても、絶対にいじめてはいけない。また、いじめを見つけたときは、勇気を持って止めに入らなければならない。

A　私がいじめられているのを見ても、誰も助けてくれません。一度も助けられたことはありません。ただ笑っているだけです。悔しくて、悔しくて……。

和尚　そうか。誰も助けてくれなかったとき、とてもつらかっただろう。だから、人がいじめられているのを見たときは、助けてやらないといけない。これこそが、神が求める愛と勇気である。もし自信がなければ、誰かに助けを求めればいい。

それから、どんなにいじめられても、絶対に自殺してはいけない。また、いじめられて自殺を考えている人がいたら、その人の話をじっくり聞いてあげてほしい。自分の気持ちを伝えようとしても伝えられなかったことを、自殺することにより伝えようとする人もいる。自殺を防ぐ一つの方法は、困ったり悩んだりしている人とよく話し、自分が話すより、その人の話をその人の立場になって、親身になって聞いてあげることだ。

Aは就職してもいじめを受けたが、誰も助けてくれなかった。また、友人がいじめを受けていても、止めに入ることができなかった。和尚に教えてもらったことを実行しようとしたが、勇気が出なかったのである。そして、いじめに耐えきれず、別の仕事を見つけて転職した。それでも次の職場でいじめられたので、今度は父に頼んで、全くいじめのない職場を探してもらった。

そこでは全くいじめがなく喜んでいた。みんなやさしく思いやりがあり、安堵した。しかし、別の悲劇が待っていた。帰宅途中に老朽した橋から転落し、左足が不自由になってしまったのである。杖を使用する生活を余儀なくされ、老朽していた橋を恨んだが、健全な足は戻ってこない。

嘆いているとき、和尚の話を思い出した。何か社会に役立つものをつくりたくなり、杖をついても歩きやすい道をつくることを思いついた。自己資金だけでは足りず、足の不自由な人のための社会づくりを国に訴え続けた。しかし、国は真剣に向き合わなかったため、Ａの望む社会にはならず、失望した。

友人から、いじめを受けていることを打ち明けられたとき、その人の立場に立って考える気持ちはなくなっていて、真剣に話を聞いてあげなかった。晩年は生きる気力を失い、身近な人たちに不満を述べたり、態度に表したりして、周囲の雰囲気を壊していた。

自分の思いどおりにならず、不満に満ちた人生を五十五歳で終えた。

✦

みんなの広場に到着すると、Ａと同じようにいじめを受けたという人たちが集まっていた。みんなの前で自分の人生について語った。子供のときにいじめられていたことや、いじめのない職場に転職し、帰宅途中に転落事故にあったことを話し、いじめや事故にあう不幸な運命を嘆いて見せた。最後に長老から「明日の朝、裁判があるから、あそこに見える裁判所に行くように」と言われ、裁判に臨んだ。

A 昨日もみんなの前で言ったのですが、子供のときにいじめられました。就職してもいじめられてばかりで我慢できず、いじめのない職場に転職しました。ところが、不幸なことに、帰宅途中に老朽した橋から転落し、左足が不自由になったのです。いじめや事故にあう不幸な運命を嘆いているところです。

裁判神 うん、それは気の毒だったな。しかし、君は全然分かっていないようだ。和尚が言っていたとおり「いじめを受けて罪滅ぼしをする」という課題を与えられた人は、どこに行ってもいじめられる。それは、前世などで人をいじめたり苦しめたりしたことが原因であることが多く、それに耐えて罪滅ぼしをしない限り、たとえいじめから逃れられたとしても、別の苦しみが待ち受けている。人間は、修行と罪滅ぼしのためにあの世に生まれるのであり、全ては自分を高めるためである。遊びに行くのではない。君は前世でどんな行いをし、反省し、どんな新たな条件を提示され、どんな誓いを立ててあの世に行ってきたのかな。

A そう言えば、私は前世で同僚や門下生をいじめました。その後の人生は人間関係で仕事仲間に迷惑をかけました。前世の裁判では、人をいじめたり迷惑をかけたりしたことをとがめられ、猛省を促されました。修羅道の中にある「いじめの町」に送られ、そこで言葉の暴力や殴る蹴るの暴力を受けたりしたのです。私は精神的にも肉体的にも耐えきれず、神様に、あの世に生まれ変わらせてもらうことをお願いしました。そのときに出された条件は「いじめに耐える」ことと「逃げ出したら別のもっと重い苦しみにあう」というものでした。更には「何かを掴んで改革せよ」と言われました。

裁　そうだったな。しかし、君はその誓いを破り、いじめから逃れた。父親はいじめられないように取りはからってくれたのだが、そのときに、父親に対する感謝の気持ちが全くなかった。「ありがとう」の一言も言わなかったな。いじめが原因で自殺する者の中には、いじめられたことよりも、親が何もしてくれなかったことが悔しくて自殺する者もいる。親や周囲の人に「なぜ、何もしてくれなかったんだ！」と訴えたくて自殺する者もいるんだ。君はお父さんに働きかけてもらえたのだから、それだけでも感謝しなければならなかったのではないか。親に対する感謝の気持ちがないことも、災難を受ける原因の一つなんだ。

A　はい、すみません。

裁　親に対する態度が悪かったり、神様との約束を守らなかったりすると、そのうち、不幸な出来事が起こる。最悪の場合、往生の神様に呼ばれる。君は橋から転落してしまったのだが、では、どうすべきだったか。もう一度、君に提示された条件を思い出してほしい。いじめに耐えることであるから、君をいじめてくれる人は、その条件を満たすために君に働きかけてくれているのである。つまり、君を鍛え、高めてくれているのだから、いじめを受けたとき「ありがとう」と言ってやればよかった。

罪滅ぼしが終われば、もうどこに行ってもいじめられることはないのだから。そのときは、人の苦しみを理解し、決して人を苦しめない立派な人間になっているはずである。友人から、いじめに苦しんでいることを打ち明けられたとき、親身になって聞いてあげ、いじめをなくす運動をしていれば、もっと有意義な人生になっていたのだ。

Ａ　はい。でも、私には厳しすぎます。

裁　そうか。まあ、聞くのだ。転落事故にあって、杖を使う生活になってからの話をする。杖を使う生活を余儀なくされてから、歩きやすい道を造るなど、足の不自由な人のための社会づくりを訴えたのはいいが、本当のことを言えば、それでは遅い。なぜ、杖を使う生活になる前に「杖を使わなければならない人は気の毒だ」と思い、歩きやすい道を造るなどの活動をしなかったのか。健常な状態であるときに、障害者の気持ちを理解して、障害者のためになるものを開発することに本当の価値があるのだ。他人の痛みに気付かなかったり、気付いていても何もしないと、将来、自分の身に降りかかってくるんだよ。

A　はい。それも、私には厳しすぎます。

裁　うん。分かっているが、あえて言った。人それぞれ、あの世に生まれるときの神様との約束が違うから、どう生きたかの結果も、人それぞれ違う。決して神による罰ではなく、壁を乗り越えるという約束を守らなかった結果である。残念だが、今回は不合格だ。
　親は君の一生涯を面倒見てくれるわけではなく、自分のことは自分で忍耐し解決する強い心を持つことが求められている。今度は、畜生道の中にある「いじめの町」に行きなさい。今度こそ耐え抜くしかない。

A　ええ〜。それだけは勘弁してください。絶対に行きたくありません。

裁　そんなことを言っても、これはどうしても乗り越えなければならない壁であり、自分で撒いた種であるから、自分で摘み取るしかない。前回、例外的に助けてもらっておきながら約束を破ったのだから。

Aが「いじめの町」に行くと、いじめを克服しなかったことや、親に感謝しなかったことを責められた。「くっそう〜」と思って相手をにらんだ瞬間、心が重くなった。「あっ、これではいけない。言ってくれた人に感謝をしなければ。自分は鍛えてもらっているのだから。とりあえず、神様の言うとおりにしてみよう」と気持ちを切り替えて、相手に「ありがとう」と言うようになった。すると今度は心が軽くなった。大切なことに気付き、最初は形だけで心がこもっていなかったが、十年間実行するうちに、心から感謝できるようになった。それとともに階位が上がり、修羅道に上がった。

修羅道でも、杖をついているときに押し倒されたり、杖を取り上げられて叩かれたりすることもあった。それでも「ありがとう」と言い続けた。自分の階位が上がるのが分かり、心の底から感謝できた。これを十年以上続けていると、更に階位が上がり、人道に上がった。

負傷していた左足が治り、あの世から五十年以上もずっと使い続けていた杖を、もう使わなくてもいいようになった。「ありがたい」と感謝したとき、修羅道や畜生道で杖をついている人のために、道路の整備をすることを思いついた。さっそく監督神の許しを得て、整備に取りかかった。

まず、修羅道に降りて悪路の調査をし、整備を進めた。すると、住民たちの中から「早くしろ！」と言って、自分の使う道路の整備をせかす者が現れた。その者たちは階位が下がっていった。引き続き、丹念に道路を整備していると、今度は「私にもやらせてください」と整備の手伝いをする者が現れ、彼らとお互いに協力して道路を整備した。お互いに感謝し、喜び合うと、みんなの階位が上がった。

更に手伝う者が増えたので、修羅道で予定していた道路整備をその者たちに委ね、畜生道の道路整備に取りかかった。しかし「俺の前の道路を先に整備しろ！」と言って、整備の邪魔をする者が多く現れたので、道路整備がはかどらずにいた。

Aは畜生道の監督神に、整備の邪魔をする者の排除を願い出たが、受け入れられなかった。「畜生道の者たちが邪魔をするのであれば、そこまでして道路整備をする必要はない。整備をやめた方が、かえって彼らのためになる。君のやさしい気持ちはよく分かった。人道に戻りなさい。そしてあの世に生まれる準備をしなさい。誕生の神様に取り次いであげよう」と言って、誕生神に取り次いでくれた。

誕生神　君は今、人道の下段にいる。今すぐにあの世に生まれたいか、それとも、もう少し人道で階位を上げてから生まれたいか、どちらだ？

A　今すぐに生まれたいです。お願いします。

誕　それでは、次は中間層家庭の女に生まれなさい。

B✦財布を盗んだ男

　Bは生まれたときから病弱だった。やや裕福な農家の長男に生まれたが、家は弟に継がせると父から言われ、家を継ぐことを諦めて建築の仕事をしていた。親方や仕事仲間からは、病弱であることでからかわれ、自信をなくしていた。そこで、近くの教会を訪ね、神父に話を聞いてもらった。

B　私は生まれつき病弱です。健康で幸せな人がうらやましく思います。

神父　あまり深刻に受け止めないことだ。恵まれない環境に生まれた場合、おおむね次の三つの場合が考えられる。

○　神様から大きな使命を課せられている場合。

○　生まれ変わりの回数が少ないため経験が浅く、知識、技能が劣っている場合。

○　前世で悪行を重ね、あの世での罪滅ぼしが完了していない場合。

である。

大きな使命を課せられている場合は、神様が大事業を行う場合や新しいものを開発する必要がある場合、あえて悪い環境を与え、それをはね除ける方法を考えさせる。それによりその者が大事業を遂げたり、新しいものを開発したりする。「必要は発明の母」と言うが、人は必要に迫られると、いいものを発明するものだ。人は楽をしたいと考えるようにつくられているので、どうすれば楽ができるか一生懸命に考える。それが知識、技能を高める出発点になるのである。

次に、生まれ変わりの回数が少ない場合は、過去世が少なく、人としての経験が乏しいため、純粋である反面、知識、技能が劣っているため授業や仕事について行けなくなって、ぐれることが多い。この世に百回以上生まれたことがある人もいれば、十回くらいしか生まれたことがない人もいて、経験の差が出るのだ。

最後に、罪滅ぼしが完了していない場合は、例えば、前世が悪かったために地獄道などに落ち、苦しさに耐えきれずに、悪条件を受け入れて生まれてきた場合が考えられる。この場合は運命そのものもあまり良くなく、不幸な人生を送ることが多い。

B　私は三つ目に当てはまると思います。前世が悪かったのでしょう。

神父　それは誰にも分からない。分かると色々支障が出るので、分からないようになっている。余計なことは考えなくていい。

B　私は病弱に生まれたことを腹立たしく思います。

神父　健康な人は健康でない人のことを、裕福な人は貧乏な人のことを、立場の上の人は下の人のことを思いやって行動すれば、平和で明るい社会が実現するのだが、なかなかそうはならないようにできている。この世に生まれてくる人で完璧な人はいない。完璧な人は生まれてくる必要はないんだ。完ぺきではない人がこの世に生まれてくる仕組みを考えれば、恵まれている人が恵まれない人に施しをしないことは自然の流れである。

B　完璧ではない人がこの世に生まれて来ているのですから、この世の人が良いことをするのはむしろ少ないということですか。

神父　言いたくないが、それが実情だ。だから、他人に期待しない方がいい。迷惑をかける人がいても、許容する包容力が必要である。それに、この世に生まれてきた人がそれぞれ自分の使命を自覚し、高まってあの世に行き、あの世で更に高まって戻ってくればいいんだが、なかなかそうは行かない。ある人を高めるには、その人を磨く悪人も必要となる。磨かれた一人が高まれば、磨いた一人が落ちるというような巡りになってしまう。それでも、少しずつ、少しずつだが、この世は良くなっているんだ。

B　そんなに次々と悪い人が多く生まれて来ているのなら、逆にもっと悪くなって行くと思うのですが、本当に良くなっているんですか。

神父　そうだよ。悪人の方が多くなるといけないから、うまく調整されているんだ。だから、いっぺんに多くの悪人が生まれて来ることはない。他の国を侵略しようとする国が少なく抑えられているのと同じことだよ。

B　他の国を侵略しようとする国なんか、滅亡すればいいと思うのですが、神様は何もしてくださらないのですか。

神父　そうだな。神様は、侵略しようとする国をつくることにより、人間に、どうすれば侵略されずに済むかを考えさせているんだ。お互いに話し合ったり、相手の立場を考えたりすることによって、人間的に成長する。守りを固めようとして、色々な物が開発される。戦争と平和、破壊と創造。この屈伸運動によって、少しずつ、人も国も成長しているんだ。だから、悪役を演じる国はなくならない。我々は自らの手で、お互いに仲良く暮らせる世の中をつくり上げることを求められているのだ。君も、健康でないことを悪く考えずに、できる範囲内で、精一杯やることだ。

B　はい。私も健康体になって、出世がしたいです。

神父　本当の成功とは、富や地位、名誉などを勝ち取ることではなく、与えられた環境の中で精一杯生き、課せられた使命を果たすことである。この世の人に「あの人は成功した」と評価されても、あの世に行ったときに評価されなければ意味がない。どんな人生でもいい。精一杯、最善を尽くすことが大切なんだ。この世に生まれてくるのは、自分を磨き、高めるためである。心身共に完璧な状態で生まれてくる人はいない。だから、自分の周りに気に入らない人、どうしようもないと思う人がいるのが普通である。

迷惑をかける人がいるからこそ、迷惑を受けて辛抱した人が成長するのである。人が成長する方法は、良いことをする以外に、迷惑を受けて辛抱するという方法もあるのだ。だから、近くに気に入らない人や害悪をもたらす人がいても、それはその人の役割であり、神様にそれを演じさせられているのだから、辛抱しなさい。

完璧ではない人ばかりがこの世に修業に来ているので、その人の立場や役割を理解し、その人が向上できるよう、手助けをしよう。

B　はい。病弱な私を受け入れてくれる人がどこかにいるかもしれません。

神父　そうだ。そのように、前向きに考えるのだ。先祖の話をするが、誰の先祖にも悪いことをした人がいる。その人も自分の御先祖様として受け入れなければならない。だから先祖供養が大切なんだ。この世では「格差是正」が叫ばれているが、あの世では逆に格差が厳然とある。この世では、身分の高い人と低い人、恵まれている人と恵まれない人とが同じ時間、同じ空間で生活しているが、あの世では、はっきり住み分けられている。そして、位の下の人は、位の上の人には絶対に逆らえない。

Ｂ　私は目上の人に逆らったりすることがあります。それがあの世ではできないということですか。

神父　そう。あの世では、上下関係が絶対である。その代わり、上の人が下の人に理不尽なことを言ったりすることは絶対に許されない。あの世には、理不尽なことは一切存在しない。誰もが自分の境遇を納得した上で生活している。

Ｂ　ああ、よかった。その方がいいです。

神父　あの世では、幸せな人と不幸な人とでは天と地の差があり、この世の差とは比べものにならない。悪いことをして「地」へ落ちれば苦しみの連続であり、誰も助けてくれない。ただし、唯一の助けとして供養がある。あの世で苦しんでいる人ほど、自分のことを思い、自分のために供養してくれることを強く望んでいる。

お墓に参り、手を合わせて感謝の気持ちや謝罪の気持ちを伝え、あの世での活躍を祈ると、御先祖様は癒《いや》される。奉仕活動をすると、亡くなった人の徳にもなり、苦しみが軽減されるんだ。それが感謝の気持ちとなり、気持ちが楽になることによって、上に上がることができるんだよ。

あの世にいる御先祖様は、この世にいる子孫の幸せを望んでいる。もし、この世の人があの世の人のことを思わず、自分のことのみを考えて生きれば、あの世の人はこの世の人を恨《うら》み、不幸をもたらす。最低限、一日一回は神様や御先祖様に手を合わせ、お供え物をして感謝の意を表すことが大切である。

Bは神父の言葉を信じ、仕事仲間からいじめられても前向きに生きた。あるとき道ばたで財布を拾った。中身を確認すると、自分をいじめている仕事仲間の財布だと分かった。その仕事仲間が困っている姿を思い浮かべ、すぐに仲間の元に届けた。礼の一つも言われることはなかったが、気にしなかった。それがその人のこの世での役割であり、そのように生まれさせられていると理解したからである。その後も、善を思い、善を行なった。仕事仲間との関係も改善され、結婚して子供も授かった。その姿を見て神父も安心した。しかし、ふとしたことで、転落の一途をたどることになる。

仕事中、仲間が財布を落としたので拾ったが、多忙のため一時預かるつもりで財布を懐に入れた。そしてそのことを忘れてしまった。その後「財布を落としたんだ。誰か知らないか」との声が上がったが、Bは仕事に熱中していて気付かなかった。すぐに全員の身体検査が始まった。そのときになって、自分が財布を拾って預かっていることを思い出し「あっ、私が預かっています」と叫んだ。しかし、遅かった。泥棒扱いされ、その後も毎日のように「Bに気をつけろ」とか「そんな所に財布を置いていると、Bに盗まれるぞ」と聞こえよがしに言われる日々が続いた。神父の教えを信じて辛抱を重ね、仲間には親切にし、雑用も自ら買って出た。それでも仲間にいじめられ続けた。悲しくてたまらなくなり、ついに仕事を辞めてしまった。

その後、職を探し求めたが、悪い噂は村中に広まっており、誰も相手にしてくれない。Bも、もう人を信じる気持ちをなくしていた。もう少しで、いじめの因縁を断ち切れるところだったが、辛抱しきれなかった。人に雇われて人と一緒に仕事をすることをやめ、泥棒で生計を立てることにした。もちろん、泥棒をするのは初めてであり、家族には内緒である。

他人の財布を盗んで現金を抜き取り、財布は川に捨てた。その後、被害者の訴えにより捕まり、取り調べを受けて自供した。ところが、弁護人に「被害者は後ろ姿しか見ていない。財布を捨てたのなら証拠品がなく、無罪になるかもしれない。犯行を認めるな」と言われ、その後は一切犯行を認めないようになった。裁判になり、被害者は、Bが犯人だと主張したが、顔を見ておらず、証拠不十分で、無罪判決を勝ち取った。

これに味を占め、その後も盗みを十回以上も繰り返しては証拠品を川に捨てていた。弁護人の指示どおり、裁判では犯行を認めず、証拠不十分で無罪判決を受け続けた。そのときの心の中は、この世に神はなく、あの世など存在しないという考えに変わっていた。

一度も有罪判決を受けることはなく、その後も他人の財布を盗もうと計画していたが、急病のため五十歳で亡くなった。盗んだ金のほとんどを遊びや酒に使い、死ぬときには貯金はなく、一人息子には財産を残すことができなかった。息子はBが泥棒で生計を立てていることは薄々感じていたが、口には出せなかった。幼少の頃からBに殴られて育ったが、「父が犯罪に手を染めている分、自分がしっかりしなければ。父の罪を自分が償うのだ」と考えていた。

Bがみんなの広場に到着すると、曽祖父が待っていた。曽祖父の顔は鬼の形相で、まともに見ることができなかった。

曾祖父　お前は大変なことをしでかしてくれたな。あんなことを続けられたら、お家の恥になるから、往生の神様にお願いして、お前の命を絶ってもらったんだ。断腸の思いだったんだぞ。

B　はい、ごめんなさい。深く反省しています。これから、どうすればいいんですか。

曾祖父　明日、あの世での行いについての裁判があるから、そのときは裁判の神様に全てを正直に話すのだ。わかったな。

翌朝、裁判が開かれ、どんな罰も受ける覚悟でいたが、意外な展開が待っていた。

裁判神　君はあの世で十回以上盗みをしたようだな。そこに至る経緯を検証してみよう。君は若い頃、神父の教えを忠実に守り、立派に生きていた。転換期は、仕事仲間が落とした財布を拾ったときだ。あれさえなければ真っ当な人生を送ることができたかもしれないが、あれは神による試金石であった。

君は過去世で、人に無理難題を押しつけてきた。その罪の払拭が完全にはなされていなかった。だから神は君に大きな試練を突きつけた。財布を拾ったときは多忙だったから、すぐには言えなかった。後になって言っても信じてもらえず、信用を失い、いじめにあうことになった。君は、たまたまそうなったと思っているだろうが、たまたまではない。全て神によって仕組まれていたのだ。

結局、仕事を辞めざるを得なくなり、どこに行っても、つまはじきにされた。厳しすぎるだろうが、君は同じことを過去にしてきた。だから、どうしてもこの試練は乗り越えなければならなかったのだ。しかし、自暴自棄に陥ってしまった。

君はあの世に生まれる前、誕生の神様に、生活にも活かせる真理を会得するよう言われた。覚えているであろう。神父の教えを信じ、どんなに苦しくても辛抱しなければならなかったのだ。辛抱していれば、君を理解してくれる人が出てくる。「苦難を乗り越えた先に幸せがある」「真っ当に生きていれば、必ず信用と信頼が得られる」という真理を会得することができたのに。神父も残念がっていたよ。

B はい。どうしても辛抱できませんでした。私はそれまで真っ当に生きていました。そんな私が、少し誤解を受ける行為をしただけで、どうしてこんなひどい仕打ちを受けなければならないのか。この世に神も仏もあるものかと、自暴自棄に陥ってしまったのです。収入を得る手段がなくなり、盗人になってしまいました。

裁 かわいそうな面もあるが、罪は罪だ。裁きを受けるしかない。そのためには証拠が必要だ。君が盗みをしたという証拠を出しなさい。

B ええっ……確かに私は十回以上も盗みをしました。しかし、盗んだ財布は全て川に捨て、今はありません。中身のお金はほとんど使い果たしました。でも、弁護人には本当のことを話しています。弁護人に聞いてもらえば、分かっていただけます。

裁 弁護人はあの世で君に嘘をつくよう指示した。そんな弁護人の言うことを信用して証拠にすることはできない。ここにいる聴衆も納得しない。証拠がないのであれば、判決は出せない。

B　それでは、私は無罪になるのですか。

裁　そうではない。いくら君が犯行を認めたとしても、証拠がなければ判決を出せない。判決を出せない以上、君の行き先が地獄道かどこかも決められない。だから、君が有罪であるという証拠を出しなさい。ここにないのなら、捜しに行きなさい。

B　そんなの、無茶です。財布は全て川に流しました。どうせ、海に流れ込んでしまっているでしょう。それに、その海は、あの世の海です。行くことすらできません。

裁　それでは判決は出せない。証拠の品を持って来れば、判決を出してやる。それが無理なら、被害者に会って、許してもらうことだ。行け。

Bはみんなの広場に戻って、曽祖父に相談しようとしたが、そこに曽祖父の姿はなく、やむなく長老に相談を持ちかけた。

B　私はあの世では証拠になる物を捨て、犯行を認めず無罪判決を勝ち取ってきました。それなのに、なぜこの世に来て、もう一度、裁判を受けなければならないのでしょうか。

長老　あの世の裁判官は、神ではなく、人間である。犯行を認めず、証拠を隠して、見破られなければ無罪になる。自分の罪をひた隠し、逃げ切れば勝ちで、それでお終《しま》いと思っている。そんな甘い話はない。裁判官である人間には人の過去を見抜く力はない。だから証拠がなければ無罪判決を出さざるを得ない。君の行為はそれを利用した、愚かな行為だ。神様には全て見抜かれてしまうのだ。

B　それじゃあ、私が有罪であることは、神様は分かっているはずです。なぜ、有罪判決を出してもらえないのでしょうか。

長老　神様が分かっていても、証拠がなければ聴衆には分からない。聴衆を納得させる必要がある。神様が公平な裁判をしていることを分からせるために、裁判で聴衆を立ち会わせているのだ。それはあの世の裁判でも同じことだよ。

　君があの世で証拠品を捨てずに有罪判決を受けていれば、この裁判で証拠品の提出を求められることはなく、餓鬼道行きとか畜生道行きとかの判決を受け、行き先が決まっていた。そうすれば、そこで新たな生活を始めることができ、罪滅ぼしが済めば、いずれまた、あの世に再び生まれることができる。しかし、証拠品がないため判決は受けられず、いつまでたっても広場にいるか被害者を捜しに行かなければならない。

B　ずっと広場にいてもいいのですか。

長老　かまわないが、食べ物は与えられない。空腹に耐えられるのか。それに、いつまでたっても罪滅ぼしが進まず、あの世に生まれ変わることができないのだぞ。

B　それは困ります。被害者を捜し出すしかないです。

長老　遠い道のりだ。やっと被害者を捜し出しても、被害者から返還を求められ、見つかるまで捜せと言われるだろう。被害の全額と盗みによって受けた精神的苦痛などの二次的被害も含めて全て弁済するか、謝罪して許してもらうかして、初めて罪を償ったことになる。あの世では、弁済しなくても、また被害者が許してくれなくても、刑期を終えれば釈放されるが、ここでは、そうはいかない。

B　被害者に許してもらえば罪を償ったことになると言われましたが、被害者がまだあの世に生きているのであれば、会うことすらできません。どうすればいいのでしょうか。

長老　死んでこの世に来るのを待つしかない。一人でもいいから被害者と会って謝罪し、許しを得なければならない。それまでは裁判は開かれず、広場にいるしかない。「成仏できない」とはこのことを言うんだよ。裁判を受けさせてもらえないことは、地獄道に落ちるよりもつらいことなんだ。地獄道に落ちても、そこで罪を償えば再び生まれ変わることもできるが、裁判を受けられずに何年ここで待機しても、その年数は刑罰の年数には含まれないのだからな。

B　はい。気が遠くなります。

長老　そうだな。今になって後悔しても、遅い。食べ物を分けてあげるから、早く被害者を見つけ、これを被害者に差し出して、許しを得るのだ。

B　ありがとうございます。

裁判を受けさせてもらえないので、仕方なく被害者を捜しに出かけたが、何しろ、顔も何も覚えていない。恥ずかしくても、自分のしたことをそのまま言って回るしかない。気の遠くなる話であるが、これより他に方法が見当たらない。

その途中、弁護人が死んでこの世に来て、裁判を受けた。

裁判神　君はあの世では、Bの弁護人だったんだな。

弁護人　はい、そうです。Bは何度も盗みの疑いをかけられていましたが、それは全て間違いです。彼は盗みなどしていません。

裁　ところが、Bは自分が財布などを盗んだことを認めているのだよ。

弁護人　そんなはずはありません。あの世で無罪判決を受けているのが何よりの証拠です。

裁　そうか。何も盗んでいないのだな。もし盗んでいたら、君も同じ罰を受けるが、いいな。

それでは、あの世の映像を見せよう。

弁護人 （映像なんか、あるわけがない……）

裁 犯行の様子が流れているが、これでも無実と言うのだな。

弁護人 恐れ入りました。まさかBが私に嘘をついていたなんて。

裁 とぼけるのもいい加減にしろ！　財布を盗んだことを知っていたくせに。Bと同罪だ。同じ罰を受けろ。

弁護人 えっ、そんなぁ。本人と弁護人は別です。本人が有罪判決を受けても、弁護人が有罪判決を受けることは絶対にありません。

裁 それはあの世での話だ。ここは違う。君はBに真実を述べさせ、立ち直るように仕向ける立場にあった。「社会正義を実現する」と口では立派なことを言っていたが、全く逆のことをしていた。Bは捕まったときは反省して真実を述べていた。それを君が真実を述べないように仕向けた。言語道断だ。

弁護人 そんなことを言われても、弁護士の厳しい社会を生き抜くには、無罪判決を勝ち取るか、少しでも罪を軽くしてもらわなくてはだめなのです。

裁 だからといって、真実を曲げてもいいというものではない。君の理屈は、神の律法には通用しない。常識と良識があれば分かるはずだ。

Bは今、被害者を捜している。君のせいで判決さえも受けられずに、途方に暮れているのだ。あの世では、被害者も財布が戻ってこないと泣いている。この罪は重大だ。Bと一緒に被害者を捜すなどして許してもらうのだ。

Bも弁護人も、被害者を捜すなどして許してもらうよう裁判神に言われていたが、何の手がかりもなく途方に暮れていた。そのとき、みんなの広場の端の方で、Bと弁護人がばったり出くわした。二人は再会を喜ぶとともに、悪事を働いたことをお互いに謝罪した。一緒に被害者を捜すことで気持ちが一つになり、必死になって被害者を捜した。

翌々日、やっとの思いで一人の被害者に会うことができた。そこはみんなの広場の中央付近で、被害者はあの世から来たばかりであった。真剣に被害者に謝罪するとともに、長老からもらった食べ物を被害者に差し出すと、被害者は渋々ながらも許してくれた。

Bは弁護人と共に駆け足で裁判所に行き、裁判神に、被害者の一人が許してくれたことを報告すると、その場面を映像に映し出して確認し、やっと判決を出してくれた。Bも弁護人も餓鬼道行きの判決だった。ありがたく判決を受け、二人とも餓鬼道に向かった。

餓鬼道には、Bに財布を盗まれた被害者が数人いると教えられていたが、どこにいるのかは分からず、捜さなければならなかった。弁護人と共に大きな声を張り上げて「私はあの世で女性からお金の入った財布を盗みました。被害者の方はいらっしゃいませんか〜」と尋ね歩いた。周りの人たちはみんな笑っている。自ら泥棒であることを暴露しているのだから、笑われても仕方がない。恥を忍んで尋ね歩くうち、やっと一人、また一人と名乗り出てくれた。その中には、お金を盗まれたことで食べ物を買えず、餓死した人もいた。その女性から「あんたを恨み続けたことで心が重くなり、ここまで落ちてしまった」と言われた。

餓鬼道には、天道からの差し入れが届くときがあり、その差し入れを全て被害者に差し出した。Bの弁護人も同じく、被害者に差し出した。こうして二人ともほとんど何も食べずに耐えしのぎ、餓鬼道にいる被害者全員の許しを得ることができた。餓鬼道に来て二十年目のことである。二人が急いで裁判所に行くと、裁判神は、餓鬼道にいる被害者の全員がBと弁護人を許したことを映像で確認した。今度は畜生道行きの判決を得た。

畜生道にも、Bに財布を盗まれた被害者が数人いると聞いていた。どこにいるかは分からないので、餓鬼道のときと同じように尋ね歩いた。すると、一人、また一人と名乗り出てくれた。

畜生道には、天道からの差し入れだけでなく、家族による供養の品も届く。Bの息子は教会の奉仕活動に参加しながら、先祖供養もしていた。そのお陰で、あの世から食べ物が送られてくる。それを被害者に差し出して許してもらった。また、弁護人も天道からの差し入れ品を被害者に差し出して許してもらった。畜生道にいる被害者は、Bと弁護人を許したことで心が浮き上がり、全員が修羅道に上がって行った。

二人は「許してもらった」と喜び勇んで裁判所に駆け込んだ。自分たちも修羅道に上げてもらえると、期待していたのである。しかし、そこで言い渡された判決は意外なものだった。「君たちは何も分かっていない。畜生道で修業を続けなさい」と。がっくり肩を落として畜生道に戻った。「何も分かっていない」と言われたが、それが何か分からない。

Bは、畜生道に被害者がいなくなったことで、息子から送られてくる供養の食べ物を、他の人に分け与えることなく、感謝をすることも忘れて自分一人で食べていた。精魂がこもっている息子からの食べ物は、Bに感謝の気持ちがないことで味が落ち、減量してしまっている。

ある日、曾祖父が現れ、

お前一人が食べてどうする。ご近所さんに配る気はないのか。せっかく精魂込めて送られてきたものが、お前が感謝をしないせいで不味《まず》くなり、量も減ってしまっているではないか。

この世は心の世界だ。感謝をすれば小さな物でも大きくなるのだ。お前の息子が奉仕活動をしているお陰で、お家の徳が増している。その徳をお前一人が食い尽くしているのだ。少しは子孫に残しておけ。子孫は先祖供養をすることでも、この世に徳を積んでいる。お前がこのままその徳を食い尽くせば、子孫の分はなくなるのだぞ。

裁判で、被害者の全員が許してくれたのに、なぜ修羅道に上げてもらえなかったのか分かるか。それは、食べ物を被害者にだけ配り、他の人には配らなかったからだよ。

許してもらうためだけに配ってもだめだ。他にお腹を空かしている人がいれば、その人にも配らなければならない。裁判の神様が、お前が有罪であることを分かっていながら、わざわざ被害者の許しを得ることを求めた本当の意味が、そこにあるんだ。

と言われ、目が覚めた。その後は、被害者以外の人にも食べ物を配った。

畜生道に来て十年になる。息子が死んでこの世に来るまでに何とかしなければと、息子から送られてくる供養の品に感謝し、それを近所に配っていた。そして間もなく息子が死んでこの世に来たので、監督神の許しを得てみんなの広場に行き、息子に会わせてもらった。顔向けができないが、息子に謝るしかない。覚悟はできていた。だが、返ってきた言葉は意外だった。「お父さんのお陰で成長できた。供養はお父さんのためにしていたけれど、お父さんがご近所さんに配ってくれたお陰で、その徳が僕のものになった。まさかお父さんのためにしたことが、僕に返ってくるとは思わなかったよ。感謝の気持ちを受け取ってくれてありがとう」だった。

驚きのあまり言葉が出てこない。「殴る蹴るの暴行を加え、好き勝手に生きてきた俺に」。感謝の気持ちで涙があふれ、息子の顔が見えなくなった。弁護人も、天道から届いた食べ物を近所に配り、その徳により、二人とも二十年近くいた畜生道からの脱出を許された。

次に向かった修羅道でも被害者を捜したが思うようには見つからず、長い年月を要した。修羅道にいる被害者の全員に謝罪を済ませたときには、修羅道に来てすでに二十年が経過していた。

更に、人道に上がって十年後、最後の被害者があの世からやってきて、謝罪する機会に恵まれた。Ｂは必死に謝罪して許しを得、次の世に生まれ変わることに。なお、この世でＢがもたついている間に、息子は二十年前、すでにあの世に誕生していた。

誕生神から「君はあの世での罪を赦されたものの、過去世の罪はまだ完全には払拭できていない。虐待の横行する社会で生きなさい。過去世での報いを受けるが、辛抱しなければならない。次も男に生まれるのだ。やや裕福な家庭に生まれさせてあげよう」と言われ、誕生した。

C ✴ 子供に学問と道徳を教えた男

Cは中流家庭の長男として誕生した。幼少の頃から学問を習得し、大人になると寺子屋を開設した。寺子屋で学ぶ子供たちに、学問だけでなく、食前、食後の作法などについても教えた。

C 食べる前にはまず、ご飯を炊いてくれた竈《かまど》や、みそ汁をつくってくれた鍋に向かって「ありがとうございます」と言いなさい。次に竈の蓋《ふた》を開け、炊きあがったご飯を見て「頂きます」と言う。食べ物をお皿に盛りつけるときも、感謝の気持ちを込めること。そして食べる前にもう一度「頂きます」と言う。自分に栄養を与えてくれているものに対し、感謝の気持ちで接することが大事である。食べ物はご飯粒一つたりとも残さずに食べているか。

子供 お茶碗にこびりついたご飯粒は食べていません。

C それも食べないといけない。世の中には、ご飯粒一つさえ食べることができない人たちがいる。食べ物を捨てている姿をその人たちが見たら、どう思うであろうか。お魚を捨てたら、せっかく命を投げ出してくれた魚さんに申し訳ないだろう。

「頂きます」とは、野菜や魚などの「命を頂く」という意味だ。だから感謝とお詫びの気持ちを込めて言うのだ。食べるときも、口の中にかき込むような下品なことはせず、命を頂いていることをかみしめながら食べなさい。食べ終わった後に「御馳走様《ごちそうさま》でした」と感謝の気持ちを込めて言うんだ。

子供　「御馳走様」とは、どういう意味があるのですか。

C　我々が食べ物を頂けるのは、米や野菜を育てる人、それを背負って運ぶ人、お店で売る人、料理をする人、こうした人たちの苦労のお陰なんだよ。「馳」は「走」と同じで、走るという意味で、たくさんの人が一生懸命に走ってくれたお陰で食べられるんだ。だから、その人たちの走っている姿を思い浮かべて「御馳走様でした」と言うんだ。膳を片付けているときに、料理をしてくださった人に会ったら、その人にも「御馳走様でした。おいしかったです」と感謝の気持ちを伝えること。食べる前には「頂きます」と言って、手を合わせる。食べた後には「御馳走様でした」と言って、手を合わせる。手と手を合わせる姿からは、争いは起こらない。人間の最も美しい姿なんだよ。

Ｃは幼少の頃から、男は台所に入るべきではないと教えられていたにもかかわらず、妻と仲良く台所に入り、野菜や魚に感謝して料理し、子供たちにも教えた。料理や躾《しつけ》を妻任せにせず、妻と協力して行なった。また、破れた服を捨てようとした子供には、

服が破れたときは、縫いなさい。物をすぐに捨てずに最後まで使い切るのは、もったいないという気持ちだけではなく、物に対して申し訳ないという気持ちがあるからだ。捨てられようとしている物から「まだ捨てないでくれ。最後まで使い切ってくれ。私はまだまだ活躍できるんだ」といった声が聞こえてくるはずである。

物が壊れたとき、修繕すればまだ使えるのではないだろうか、他に使い道はないだろうか、と色々考える。服の破れが多すぎて修繕できないときは、ぞうきんにすればまだ使える。最後まで使い切って捨てる際は、「捨てます。ごめんなさい。長い間、ありがとう」と心を込めて捨てなさい。

物は生きているのだ。特に家は、住んでいる人の気持ちによく応えてくれる。毎日、どこでもいいから、一か所、掃除をしなさい。

と教えた。

また、自分の子供も寺子屋に通う子供も分け隔てなく、血の通った教育をし、親から絶大な信頼を得ていた。親に対しても、遠慮せず、思うところを述べた。

C　あなたのお子さんは、お母さんにここまで送ってもらったにもかかわらず、「ありがとう」の一言も言わなかったですね。親に礼を言わない子供は、友達や他人にも礼を言わない子供になってしまいますよ。

母親　はい、それは分かっているのですが、礼を言いなさいと言うと、きらわれるのではないかと思ってしまって、ついつい、そのままにしています。

C　それはいけません。今、きらわれても、大人になったら感謝されます。逆に、今、しっかり躾をしなかったら、大人になったときに恨まれます。

躾という字は「身を美しくする」と書きます。躾はとても大切で、小さいときでないと身につきません。人に迷惑をかけない。もし迷惑をかけてしまったら、素直に謝る。決して逃げない。人から施しを受けたら、礼を言う。まず、これだけは教えてあげてください。

お子さんはかわいいでしょう。だから、たとえ親子関係であっても、親に礼を言うことをお子さんに教えなければなりません。

母親　はい。でも……言っても聞いてくれないと思うんです。

C　たとえ聞かなくても辛抱強く教えてあげてください。お子さんがかわいいからこそ、感謝の気持ちや詫びの気持ちをしっかり声に出して伝えることを教えてあげてほしいのです。

悪いことをしたときには、心を鬼にして叱ってあげないとだめです。決してお子さんのきげんを取っていてはいけません。ご主人にも協力してもらって、しっかり教えてあげてくださいい。もちろん暴力はいけません。夫婦協力して、愛情を込めて叱れば、必ず通じますから。

母親　わかりました。しっかり躾をします。ところで、うちの子は他のお子さんをいじめたり、他のお子さんにいじめられたりしていないでしょうか。

C　寺子屋の中では、そのような行動は見られません。そのようなことはしないよう、教育していますから。でも、我々の目の届かない所で何をしているか分かりません。子供にも自尊心があって、いじめられていても、なかなか打ち明けません。打ち明けられない悩みや心配事に気付いてあげるのが親や教育者の任務です。子供の教育は、親と寺子屋が協力し合ってするものです。特に道徳は。これからは、他のお父さんお母さんも一緒になって、お互いに情報交換しましょう。

その翌日には、近所に住む、ゴミを道路に捨てる中年男性を諭した。

C　ゴミを道路に捨てないでください。ご自分の部屋にゴミは捨てないでしょう。

男　ゴミ捨て場まで行くのは面倒だ。ここは君の道路ではないので、君に言われる筋合いはない。

C　そんなことないですよ。この道路はみんなが通るのです。私もこの道路を通ります。みんなで道路を美しく保ち、気持ちよく通れるようにしましょうよ。

男　それなら、君がこのゴミを片付けてくれよ。

C　それは、筋違いです。自分のゴミは自分で責任を持って正しく処分してください。そうしないと、地球が悲しみますよ。私たちを生かしてくれている地球を大切にしましょう。それと、昨夜、ここでお酒を飲んで大騒ぎしていましたね。みんな、寝ているんです。他の人の迷惑を考えてください。こんな生活を続けていると、あの世に行ったとき、後悔しますよ。

男　それはどういうことだ。

C　あの世では、品行方正な人とそうでない人、攻撃的な人とそうでない人とが厳格に住み分けられています。この世では善悪混在していますが、あの世では同じ性格の人が同じ所に集まって生活しています。親切な人は親切な人同士、互いに助けあい、暴力的な人は互いに暴力を振るい合う。泥棒と泥棒が、泥棒をやりあって、戦々恐々としているんです。このままでは、あなたはあの世でゴミに囲まれた生活をすることになりますよ。

男　そんなこと、信じないよ。だいたい、あの世なんて、実際、あるかどうか、分からないじゃないか。

男に対し、日を変えて何度か説得したが、聴く耳を持たず、一年後、引っ越ししていった。そのとき、飼っていた老犬は邪魔になり、置き去りにした。

Cが六十歳になると、不治の病に冒され、弟子を枕元に呼んだ。弟子の中から師範になる者も多く現れていた。そして、師範のあるべき姿について教えた。

C　子供たちへの教育方針についてだが、子供たちには、この世の成功だけでなく、あの世に行った先のことまで見越した教育をしてほしい。目先の利益にとらわれず、将来の利益も考えること、自分の利益だけでなく、他人の利益も考えることが大切である。そして、感情的にならず、愛情を込めて教えてやってほしい。子供たちの中には、生意気な子もいる。そのように生まれさせられているのだ。温かく受け止めてやってくれ。それと、親御さんとは親密に連絡を取り合ってくれ。親御さんの理解と協力が不可欠だからな。

弟子　親御さんのことは忘れがちでした。それと、言うことを聞かない子供には、私はついつい感情的になっていました。心の中では「勝手にしろ！」と言っていました。

C　こちらが感情的になると、子供も感情的になる。冷静に対処するんだ。厳しく叱っても、愛情がこもっていれば必ず通じる。それと、人間は何でもいいから最低一つは人より秀でた技能を身につけるべきだ。子供には一人ひとり個性があり、特技がある。それを見つけだし、伸ばしてやってほしい。

弟子　はい、わかりました。人から求められる立派な人間を一人でも多く育てようと思っています。

C　うん。頼むぞ。

そう言って、安心した様子で往生した。

✦

Cがみんなの広場に到着すると、教え子の先祖たちが出迎えてくれた。みんな礼を述べている。長老たちも微笑んでいる。そして翌朝、裁判に臨んだ。

裁判神　君はあの世で立派に子供たちを教育し、立派な教育者を多く輩出した。合格だ。天道に行きなさい。

C　ありがとうございます。ただ、一つだけ気になっていることがあります。私の近所に住んでいた男の人のことです。いつも道路にゴミを捨てるので注意していたのですが、一向に改善されず、家をゴミ屋敷にしたまま、引っ越していきました。そのときに飼っていた老犬も置き去りにして行き、その犬は野良犬になってしまったのです。

裁　その男の裁判記録とその後の生活の記録がある。ちょうど一年前のことだ。見せてあげよう。これだ。

そう言って、男に対する裁判とその後一年間の様子を大画面に映し出した。

男は裁判神から、

君は店で買った飲食物を飲食した後、ゴミを道路に捨てていた。また、近所に住む寺子屋の師範から何度も注意を受けていたにもかかわらず、家で不要になった物を家の前の道路に捨て続けた。口で言っても分からない者は、実体験してもらうしかない。餓鬼道に行きなさい。

と言われ、男は餓鬼道に落ちた。

そこは餓鬼道の一角にあるゴミ集積場である。そして、男の家として与えられたのはゴミ屋敷である。次の日、掃除をしていた人に「あなたがあの世で捨てた物を捜し出し、集めておきました」と言われ激怒した。「こんな物いらない。どこかに捨ててこい」と言った。そのゴミは片づけられたが、その不徳により男の階位は更に下がった。

男は餓鬼道に落ちて食事ができず、空腹に耐えられなくなっていた。そのとき、おいしそうな食べ物が目に入った。ゴミ集積場においしそうな食べ物がたくさん積み上げられているのである。そこでは、あの世で不法投棄し、罰を受けている人たちが、飢えに耐えきれず、争って食べ物を得ようとしている。男もおいしそうな食べ物を手に取り、持ち帰った。

男が食べようとした瞬間、食べ物がただの包み紙に変わった。「あれっ、おかしいな。誰が食べたんだ?」と不思議に思ったが、男にはゴミがおいしい食べ物に見えただけであった。男の家は元々ゴミ屋敷で、足の踏み場もなく、更にゴミが増えた。こんな日々が一年近く続き、男はゴミ集積場の監督神に苦情を申し出た。

男　私の家はゴミだらけです。どうしてこんな所に住み続けないといけないのですか。

監督神　君の家は、君があの世の道路上に捨てたゴミで造られている。物を道路上に捨てる者は地球をいじめているのであり、自分自身を捨てているのと同じである。自分の家では決してしないことを外でするると、自分の周りをゴミに囲まれることになる。それがいやなら、今まで捨ててきたゴミを全部集めて来なさい。
男　そんなこと、できるわけがないです。無茶なことを言われても困ります。
監　では、君が今までに捨ててきたゴミは、誰が迷惑を受け、誰が掃除をしてくれたのだ？
男　それは分かりません。
監　君の捨てたゴミを集めて持ってきてくれた人がいるであろう。
男　ああ、そういえば……でも、その人はもうどこに行ったか分かりません。
監　その人が君にゴミを持ってきてくれたとき、君があの世にゴミを捨ててきたことを反省し、素直に受け取れば、まだよかった。しかし君は断った。全く反省してないことがはっきりした。君の本性が出たのだ。その人はコツコツとゴミ収集をし、餓鬼道から抜け出した。だから君もやればできるはずだ。
男　ええ〜、気の遠くなる話です。それに多くの人がゴミを道路に捨てています。
監　だからといって、君もゴミを捨ててもいいと言えるのか。それともう一つ。君は引っ越しのときに、飼っていた犬が邪魔になり、置き去りにした。君の犬は、その後どうなったか知っているか。犬に会いたいか。
男　会いたいです。
監　君の犬はその後、野良犬になって飢え死にしたよ。犬は君には絶対に会いたくないと言っている。それでも、犬に会いたいか。

男　会いたいです。それでも、犬に会いたいです。でも、会ってくれないでしょうね。

Cは男の裁判とその後の生活を教えられ、裁判神に「それでも男の人がかわいそうです。私の注意の仕方が足りませんでした。もう一度、会わせてください。きっと立ち直らせてみせます」と言った。裁判神は「それであれば、まず天道に行き、天道を監督する神様にお願いしなさい。もし許されたら、今度はゴミ集積場を監督する神様にお願いしなさい」と教えた。すぐに天道に行き、監督神に願い出て、許された。

天道を出て、一旦、六道の辻まで降りた。「餓鬼道」の案内板を見て「この道を行けば、男の人がいる餓鬼道に行くのか。どんな所かなあ」と思いながらも「絶対に男の人を改心させるんだ」と、強い決意で餓鬼道への道を進んだ。餓鬼道の入口を入ってしばらく進むと、ゴミ集積場の入口がある。そこの監督神に願い出て入場を許され、男と再会した。

持参した一週間分の食べ物を男に手渡すと、男は嬉しさのあまり、大粒の涙を流して泣き、感謝した。そのとき男は、感謝することで心が軽くなり、階位が少し上がるのを感じた。

男　先生、お久しぶりです。私は馬鹿でした。先生の言うことを素直に聞いていればこんなことにならなかったのに。でも、先生。あのとき、私を殴ってでも、やめさせてほしかった……。

C　殴ることはできませんが、今でもそのことを悔いて、反省しています。私の注意は上辺だけで、愛情が足りなかったのです。本気であれば、身を挺して止めていたはずです。申し訳ないことをしました。

男　いいえ、悪いのは私です。ところで、先生、教えてほしいことがあるのです。

ここの井戸水を、柄《え》の長さが身の丈ほどもある柄杓《ひしゃく》を使って飲みたいのですが、せっかく水を汲んでも、柄の手元以外は鋭いとげが付いており、手元しか持つことができません。そのため、柄の先を手元にたぐり寄せて水を飲むことができないのです。あれだけ多くの人が飲もうとしているのに、だれも飲むことができません。先生なら、飲むことができますか。

C　一人ではできません。二人以上ならできます。

男　いったい、どうやって飲むのですか。

C　自分で汲んだ水は自分のものだと思っているから、いつまでたっても飲めないのです。自分が汲んだ水を、反対側の人に飲ませてあげれば、反対側の人も自分に飲ませてくれます。お互いに協力するのです。天道の人はそうしていますよ。

男　あぁ。自分のことばかり考えているから、答えが見つからないのですね。ありがとうございます。もう一つ、気になっていることがあります。

私は引っ越しのとき、飼っていた犬が邪魔になって、置き去りにしました。先日、この町を監督する神様に言われたのですが、その後、餓死した、二度と私に会いたくないと言っていると。そりゃ、そうでしょうねえ。一番頼りにしていた私に捨てられたのですから。私だったら絶対に許せないですよ。仕返しをしたいですよ。でも、もう一度だけ、もう一度だけでいいから、抱きしめてあげたい。たとえ許してくれなくても、噛みつかれてでも、会って、謝りたいです。

C　そうですか。実はワンちゃんは、もうそこに来ているんですよ。あなたに会うかどうか迷っているんです。私にはワンちゃんの心の中が分かります。迷っていますよ。ワンちゃんにも、あなたの心の中が分かるんです。

男　ええっ、分かってくれているんですか。本当に申し訳ないことをした。ごめんなさい。お腹が減っているだろうなあ。苦しかっただろうなあ。最も頼りにし、愛してくれていると思っていた私に捨てられたのですから。詫びのしようがないです。許してくれなんて、とても言えません。

C　いいえ。許してくれますよ。もう、こちらに向かっていますよ。もう、着きます。

犬　あなたの気持ちはよく分かりました。心底、私を愛してくれていることが分かりました。もう一度飼ってもらえるのなら、喜んで飼ってもらいます。

男　こんな俺でも、こんなゴミ屋敷でもいいのか？

犬　あなたに飼ってもらえるのなら、どこでもいいです。あなたは、今までに捨てたゴミを全部回収するように言われていましたよね。私は鼻が利きます。全部、捜し出してきます。

C　良いことも悪いことも、長い年月をかけて行えば、すごいことになります。良いことを積み重ねれば大きな徳となり、悪いことを積み重ねれば大きな罪となるのです。その大きな罪を取り除くには、長い年月を要しますが、地道に頑張ってやるしかないでしょう。家を美しくすることは、通りがかった人を楽しませるので、それだけで徳になります。

男　そんなことで、徳になるのですか。絶対にやります。ゴミを拾い、美化し、社会貢献する手本を見せ、ゴミを捨てていた人が、ゴミを拾い集めるようになればいいんですよね。

C　はい。ゴミを拾い集めているあなたの姿を見た人が、あなたの姿に共感し、ゴミを拾い集める人が出てきたら、それはあなたの功績にしてもらえるのです。

男　それはありがたいです。でも、私は足をけがしています。どうすればいいのですか。

C　あなたは足をけがし、歩くのもままならない。そんなあなたを見ても誰も助けようとしない。あなたのあの世での行為をみんな知っているからです。あなたはこれから、何人もの人に置き去りにされる報いを受けることでしょう。しかし、それを素直に受け止めることにより少しずつ罪は赦されて階位が上がり、足のけがも回復します。幸い、ワンちゃんが、あなたの捨てたゴミを回収すると言ってくれていますし、他の人が捨てたゴミも回収してくれるでしょう。

犬 任せてください。あの〜。こんなことを言っては何ですが、もし、私を最後まで、私が死ぬまで飼ってくださっていれば、番犬としてのあの世での使命を果たせたのです。でも、この世で頑張れば、別の使命が果たせるので、一日でも早く、全部、回収します。

男は足の痛みに耐え、飼い犬と共に道路のゴミ拾いや町の清掃活動に精を出し、階位を上げた。自分が捨てたゴミに対し「捨てて、ごめんなさい。ごめんなさい」と何回も謝った。何か使い道はないかと思案していると、それがおにぎりに変身した。男は喜び、犬と分け合った。ゴミを捨てたことを反省するとともに、食事ができることに感謝し、更に階位を上げていった。

その姿を見て安心したCは、あの世で子供たちに教えたことと同じように、男に食事作法を教えた。そして、男の家の片付けや清掃活動を手伝おうとしたが、ゴミ集積場の監督神に「それは、やりすぎだ。本人のためにならない」と止められ、天道に帰るよう命じられた。

そして三十年後、誕生神に呼ばれ、言われた。「次は恵まれた環境に、男として生まれなさい。君は過去世で、恵まれた環境に生まれたことがないからな。ただし、以前から持っていた性欲に悩まされることになる。性的な悪い癖を抑え、これを乗り越えれば、過去世から持ち越している性犯罪の因縁を断つことができる」と。

第8章

A ✦ 不運や不幸に見舞われたとき、「自分の使命に気付く」ことに努めた女

時代は十九世紀に入る。Aは誕生神に言われていたとおり、中間層家庭の次女に生まれ変わった。健康に恵まれ、頭は良く、幼少の頃から勉強熱心だった。そして多くの疑問を抱いて生きていた。特に、生まれながらにして才能に恵まれている人と恵まれていない人がいることなど、人は不平等につくられていると感じていたことから、その疑問を両親に話したが、両親はAを納得させることはできなかった。そこでAを近くの寺に連れて行き、和尚とAとの問答が始まった。

A　私は特殊な才能は持っていませんが、生まれながらにして特殊な才能を持った「天才」と言われる人がいるのが理解できません。なぜ、この世で経験していないことでも、幼少の頃から特殊な才能を持っているのですか。

和尚　人間は、死ねばあの世に行き、あの世で生活した後、またこの世に生まれてくる。こ

れを繰り返している。そして神は、この世の中に何か変革をもたらそうとするとき、その目的達成に必要な人を選んで、この世に誕生させている。その中で、特殊な才能を持って生まれた人が、天才と呼ばれている人だ。では、特殊な才能はどうやってできるのかというと、前世やそれ以前の過去世で培った知識、技能が蓄積されているからだよ。だから将来のために、この世で生きているうちに、できるだけ多くの知識、技能を身につけなければならない。知識、技能が蓄積すれば、次に生まれてくるときに、自分の才能を神に見込まれて、必要なときに、必要な場所に生まれさせてもらえるのだ。決して、天才をうらやんではいけない。

A　才能のことは分かったような気がします。性格なんかは、どうなんですか。

和尚　性格も過去世の性格が蓄積され、その性格に合った使命を課せられて生まれてくる。そして、生き方や環境によって、良くなったり悪くなったり、変化する。大事業を成し遂げる使命を課せられ、成し遂げられる人と成し遂げられない人。成し遂げて威張る人と成し遂げても謙虚な人。悪魔に使われて害毒を流し、一生反省せずに害毒を流し続ける人と途中で反省して立ち直る人。千差万別である。

性格が良くなり、人格が向上することが最も大切である。たった一回の人生では立派な人格は形成されず、何回も生まれ変わり、その中で「正しく思い、正しく行動する」ことを積み重ねて、やっと形成されるのだ。個人としてどれだけ成長し、世の中にどれだけ貢献したかが、あの世に行ってから評価される。それによって、あの世の行き先が決まり、更には来世にも大きく影響するんだ。

A　あの世の行き先と来世とは、どういうことですか。

和尚　あの世の行き先とは、おおまかには、天道とか地獄道とか言われているが、善人は善人の世界に行き、悪人は悪人の世界に行くということだ。「類は友を呼ぶ」という言葉があるが、親切な人は親切な人ばかりが集まる世界に行き、暴力的な人は暴力的な人ばかりが集まる世界に行くのだ。この世は、親切な人も不親切な人も、やさしい人も暴力的な人も同じ空間にいるが、それは、修業をするのに善人と悪人が一緒にいる必要があるからである。

しかし、あの世では似た者同士が競い合って修行するので、善人と悪人とは住み分けられている。だから、あの世で「暴力のない、やさしい人ばかりが住んでいる世界に住みたい」と思うのなら、自分の暴力的な性格を直してやさしい性格になり、それを行動に表せばいいんだ。

A　あの世に、なぜ地獄道が必要なのですか。

和尚　もし地獄道がなく、この世で何をしてもあの世で罰を受けないとすれば、この世を好き勝手に生きればいいことになる。犯罪者がこの世で刑罰を逃れ、あの世でも刑罰を受けないとすれば、少なくとも被害者は納得ができないであろう。また、この世での行為や自己の心根についての反省の場がなければ、改心の機会も失われてしまう。

地獄道の存在意義は「改心」と「刑罰」にある。基本的には、自分で自分の至らない点を発見して悔い改めさせ、自らの意思で自らを罰するように仕向けられている。

A　では、この世に地獄道はないのですか。

和尚　あるにはあるが、あの世のものとは比べものにならないほど、緩い。だから、この世にいるうちに、罪滅ぼしをするのだ。

この世に生まれてきて、苦しむ意義は、

○　罪滅ぼしをすること。良いことをするだけでは、罪滅ぼしはなかなか進まない。

○　性格を改善すること。苦しみに耐え、なぜ苦しんでいるかを考えて反省する。

更には、苦しむ人を見て哀れみ、どうすればこの世の地獄道をなくすことができるかを考えて、住み良い社会をつくることができれば最高だ。

この世に生まれてくる人の使命は様々であり、恵まれた環境の中で大きな仕事をする人や、中間的な役割を果たす人、下層部で、劣悪な環境の中を生き抜く人など、色々な人が、それぞれの役割を果たしている。

A　和尚さんたちは一生懸命、悪人を立ち直らせて、善人に導いておられるのですが、悪人はなかなか減りません。どうしてでしょうか。

和尚　この世から悪人がなくなるのは遙か先のことである。お寺が一人でも多くの善人を育てるべく道徳教育を行い、また、お役人さんたちが犯罪の取り締まりや犯罪者の矯正教育を行なっているが、この世は善と悪との均衡で成り立っており、この世にいる悪人一人を善人に変えれば、この世における悪人の席が一つ空く。すると、あの世の悪人がこの世に生まれて来てその空いた席につき、悪人に育つ。すなわち、悪人を善人に改め、悪人を減らしても減らしても、次から次へと悪人があの世からこの世に送られてくる。あの世には、この世に生まれ変わって罪滅ぼしをし、修行をしようと、今か、今か、と出番を待ちわびている人が無数にいるのだ。

A　だから、この世から悪人がなくなるのは遙か先のことなんですね。この世が善と悪との均衡で成り立っているなんて……。

和尚　そうだ。だから、大災害が起こったとき、悪人だけが死ぬのではなく、善人も悪人も同じだけ死ぬ。善人が多すぎたり、悪人が多すぎたりすると、この世の修業がうまくいかないんだ。

災害で死ぬのも使命のうちだ。多くの死者を出すことにより、災害対策を促し、確立させる。神のすることはむごいと思うだろうが、我々の幸せは、尊い犠牲の上に成り立っていることを知るべきなのだ。

A　はい、わかりました。話は変わりますが、「あの人は男だ」「あの人は四十歳前後だ」とか「こわそうな顔」「裕福そうな顔」とか言います。なぜ人は見た目でだいたいの判断ができるようになっているのですか。良家の人は容姿にそれなりの気品が備わっていて「いかにも」という人が多いと思います。一方「血の気の多そうな顔」とか「根性の悪そうな顔」とか言いますが、内面が顔に表れる気の毒な人もいると思います。和尚さんはどう思いますか。

和尚　私も人を見てそう感じることがある。しかし、それを言ったり、態度に出したりしてはいけない。人を見た目で勝手に判断し、差別してはいけない。人を差別する生き方をすると、来世では差別される宿命を背負うことになる。差別されたりいじめられたりする宿命を負った人は、見た目がみすぼらしく、差別されたりいじめられたりするように作られてしまう。しかし、そんな人を見ても差別しないことが大切であり、負の連鎖に陥らないことによって人間的に成長するのだ。

何事においてもそうであるが、他人を攻撃したいと思ったとき「ちょっと待てよ。そんなことをすれば来世でやられる立場になるぞ」と自分を戒めなければならない。相手の立場を尊重することができるようになれば、人間的に成長したと評価できる。

A　それだけ人間は、頭の良し悪しよりも、心が大切と言うことですか。

和尚　そうだな。心が清く、人格が高まれば、自然と行動も良くなる。この世の人間は肉体があり、心の中を直接見ることはできないが、あの世では肉体がなく、心しかないので、相手の心の中は瞬時に分かってしまう。先ほど、人を見た目で判断してはならないと言ったが、あの世では、この世よりもずっと鮮明に性格などが容姿に現れる。そのときに、こちらが抱いた感情が相手に伝わってしまう。だから、この世にいる間に、人を見た目で判断して差別しない習慣を身につけておかなければならない。誰に見られても恥ずかしくない、清純な心の持ち主になりたいものだ。お互いに。

A　話は変わりますが、私の姉は、天才とは言わないまでも、それに近いくらい優秀で、うらやましく思います。親からの待遇も、姉と私とでは全然違います。

和尚　同じ両親の元に生まれた姉妹であっても親からの待遇が違うのは、それぞれの使命が違うからだ。待遇の違いが顕著なときは、自分の使命を知るいい機会である。特に、自分の方が断然悪いと感じたときは、悔しい思いをしているだろう。そのときは、自分に何か「気付け！」と言われているのだ。それは何か、自分で見つけなければならない。

Aが二十歳になったとき、和尚は亡くなり、疑問に答えてくれる人がいなくなった。できるだけ和尚の教えを守って生きた。特に、不運や不幸に見舞われたとき「自分の使命に気付く」ことに努めた。「こんな物があれば、体の不自由な人が助かるだろうな」と思えばそれを作り、また、不幸な人を見ると、心がこもっていなくても「実行あるのみ」と、救いの手を差し伸べた。少々無理してでも、自分を善人の型にはめ込んだのである。

こんなことを続けて本当に自分は善人になれるのだろうかと、半信半疑であったが、同じことを子供にも教え、一緒になって実行しているうちに、段々と身につくようになった。無意識のうちに人に親切にしていたり、心の底から助けたいと思って助けている自分に気付いたりしたときは、成長したことを実感した。そして、七十歳で生涯を閉じた。

Aはみんなの広場で大勢の人に迎えられた。祖母も来ていて、「よくやったね」とほめてくれた。長老たちも微笑んでいる。「翌朝に裁判が行われるから行くように」と告げられ、裁判に臨んだ。

裁判神　君はあの世で、どんなことを学んできたのか。あの世での成果はどんなもんだ。

A　大きな成果を得ました。私は、恵まれた環境下に生まれて幸せな人と、劣悪な環境下に生まれて不幸な人がいるのが納得できませんでしたので、あの世で和尚さんに色々と質問しました。和尚さんの話を聞いて、人間は何回も生まれ変わりを繰り返していて、過去世の良し悪しや各人の使命が違うことが影響しているので、不公平ではないことを知りました。和尚さんは言っていました。

　人の一生涯だけを比べると幸不幸の差があって、不公平に感じるだろうが、決して不公平ではない。それは、人は一生を終えるとあの世に行って、あの世での生活を終えると、この世に生まれて来る。そうやって何回も生まれ変わっている。

　今をどう生きたかが次の世の環境に大きく影響する。だから、総合すると、公平にできている。みんな、今の一生涯しか見ておらず、それだけを比較するから不公平に感じるんだよ。

と。

裁　そういうことだな。君は人間の幸不幸について、みんなが疑問に思っていることを徹底的に追究し、子供に教えたり人助けをしたりするなどして実生活に活かしてきた。合格だ。天道で次の誕生まで待っていなさい。

Ａは裁判所を出て六道の辻に降りた。天道に繋がる道に入ったとき、何か乗り物に乗ったように感じた。そして浮いたような感覚を覚えたかと思うと、天道に着いていた。天道に行くと、みんな、忙しそうに働いている。天道は働く場所ではないと思っていたことから、場所を間違えたのではないかと思い聞いてみると、確かに天道だと言われた。

「何かが違う。何かが違う……本当にここは天道か」と疑った。一昼夜考えて、やっと気付いた。何が違うかを。

笑顔が違う。働いているときの笑顔が違う。みんな楽しそうに働いている。というか、働いているように見えない。むしろ遊んでいるように見えるくらいだ。あの世の人たちは働いているとき、あまり笑顔を見せないが、ここの人たちは身のこなしが軽やかで、笑顔がすてきである。一緒になって、働きたくなった。そう思った瞬間、もうすでに働いている！

人助けである。自立支援活動である。修羅道やもっと下の世界で苦しんでいる人たちに支援の手を差し伸べていた。自分が人の役に立っていることが実感できる。「ずっと天道で、こうしていたい」と思った。三十年間、天道で楽しく活動していると、誕生神に呼ばれた。

誕生神　君は天道で十分な活動をした。次は、男に生まれ、悪い環境下で育つのだ。人間関係を大切にしなさい。

A はい。ただ……一つ、お聞きしたいことがあります。私はあの世でいい生き方をしたとの評価を頂きました。ですから、次はいい環境に生まれることができないのでしょうか。

誕 うん。普通はそうなんだが、そうならないときもあるんだ。君はあの世にいるとき、恵まれた環境に生まれる人とそうでない人がいると言っていたが、そのとおりだ。人間はあの世とこの世を何回も行ったり来たりする中で、健康、頭脳、富、家族などが、

○ 良い環境に生まれ育つこと。
○ 中くらいの環境に生まれ育つこと。
○ 悪い環境に生まれ育つこと。

の三つの環境に加え、

○ それぞれ、男・女に生まれ育つこと。

の異なる六つの環境に生まれ育って生き、六つ全て合格点を取ったときに、神仏の世界に行くことができる。すなわち、人間として完成し、修業の必要がなくなれば、あの世に生まれ変わることがなくなるわけだ。最短でも六回はこの世に生きなければ神仏界に行くことはできない。いい環境ばかりで合格点を取ってもだめだ。悪い環境に生まれ育っても、合格点を取らなければならない。六つ全てで合格点が取れないうちは、何回もあの世とこ

の世を行ったり来たりする。

通常は悪い環境から始まり、合格すれば中くらいの環境、良い環境と進むが、順番通りに行かない場合もある。

君の過去世の中で、合格点を取れたのは、古い順に言うと、六つの環境のうち、
○ 良い環境に生まれ育った女一回。
○ 良い環境に生まれ育った男一回。
と、今回の、
○ 中くらいの環境に生まれ育った女一回。
の、合計三回である。

神仏界に上がるには、残りの環境、すなわち、
○ 中くらいの環境に、男として生まれ育って、合格点を取ること。
○ 悪い環境に、男として生まれ育って、合格点を取ること。
○ 悪い環境に、女として生まれ育って、合格点を取ること。
の、合計三つを成し遂げなければならない。

神仏界に上がることにこだわらなければ、良い環境に生まれさせてやってもいいぞ。

A いいえ。やはり、神仏界を目指します。先は長いですが、精進努力します。

誕

そうか。それでは、残り三つのうち、男に生まれ、悪い環境下で育つのだ。

ついでだから言うが、人間があの世に生まれるときの環境は、様々な要因が絡み合ってくる。前世の影響で生まれる環境が決まることもあれば、神から特別に使命や能力、不利な環境を与えられたりすることもある。だから、あの世に恵まれない環境に生まれる場合には、大きく次の三つの場合が考えられる。

一つ目は、例えば過去世で、先ほどの六つの環境のうち、

○　良い環境に生まれ育った男。
○　良い環境に生まれ育った女。
○　中くらいの環境に生まれ育った男。
○　中くらいの環境に生まれ育った女。
○　悪い環境に生まれ育った男。

を全て合格していれば、神仏の世界に行くために残っているのは、

○　悪い環境に生まれ育った女。

である。この場合は、過去世がどんなに良くても、悪い環境に生まれる。

これまでにさんざん苦労して積み上げてきて最後に悪い環境とは非情であるが、仕方がない。知識、技能をもぎ取られることもあり、苦しまなければならない。親に見捨てられ

たり、成績不良で馬鹿にされたり、身体に障害をもって生まれてくることもある。しかし、この悪い環境を克服して人生を全うすれば神仏界への最終試験に合格し、神仏の世界に行くことができるのである。

二つ目は、特別な使命を受けている場合だ。例えば、障害者にとって悪い環境を改善するには、実行力のある者が悪い環境に身を置く必要がある。そして、何をどう改善すればもっといい環境ができ上がるかは、障害をもっている人にしか分からないことが多い。ところが、悪い環境には、実行力のない者が身を置いていることが多い。障害者は「自分では、どうにもできない」と諦める傾向にあるのだ。これでは、悪い環境はいつまでたっても改善されない。だから、神は実行力のある者を選んで障害をもたせ、「障害者にとって悪い環境を改善するには、ここを、こう改善すればいいんだ。必ず改善してやる！」との強い意気込みで、環境を改善させているのだ。

最後の三つ目は、前世で悪行を重ね、地獄道などから出てきた場合や、知識、技能、健康などに関心がなく、向上心もなく、向上してこなかった場合である。前世が悪かったために地獄道などに落ち、苦しみに耐えきれずにあの世に生まれて行った場合は、悪条件を突きつけられ、仕方なくそれを受け入れて生まれた場合が考えられる。この場合は生まれた環境だけでなく、運命そのものもあまり良くなく、不幸な人生を送ることが多い。

過去世で勉学に励むことがなかったりして知識が乏しいと、学習能力が劣っているため、授業について行かれなくなって、ぐれることもある。技能についても、過去世で、仕事や運動、その他あらゆることに真剣に取り組んでこなかったために、何をやっても下手であり、身に付かない。努力しても結果が出ない。そもそも、努力そのものができない人、辛抱ができない人、長続きしない人がいるのもそのためである。また、過去世で、暴飲暴食をしたりして不健康であった人は、この世でもあの世でも不健康である。

全て過去と現在は繋がっており、現在だけを見て、幸不幸を判断することはできない。大成功した人が血のにじむような努力をしたことを知らずにその人をうらやんでいても、努力の度合いを知れば、うらやむ気持ちはなくなってしまう。その人の過去を知れば、現在が納得できるはずだ。ただ、自分の過去世も他人の過去世も分からないから納得できないだけのことである。

長い目で見れば、みんな公平にできている。だいたい、地球上に全ての人が同じ環境に生まれるなんて、無理な話だ。そして、あの世の一生は試験のようなもので、簡単な試験もあれば中くらいの試験もあり、難しい試験もあるが、結果よりも、努力する過程がより重要視される。難しいからといって、途中で投げ出してはいけない。

A　過去が分かるようにしてくだされば、みんな納得するのに、なぜそうしてくださらないのですか。

誕　もし君の前世が大悪人であったらどうかな。みんなに知られたいか。自分でも知りたいか。逆に神仏の世界に行ける最終試験であることが周囲に分かってしまえば、しっと深い人たちに邪魔されるかもしれない。だから、過去世について、自分のことも他人のことも、分からないようにしているのだ。最下層の環境に生まれた人はあの世の地獄道から来たのかといえばそうではなく、人それぞれの使命・目的があり、罪滅ぼしや、飛躍、発明など、様々である。一見地獄道から来たように思われる人でも、大きな使命を帯びている人もいる。君も試練の人生を経験することが求められるのだよ。だから次は、恵まれない環境に男として生まれなさい。

A　はい、わかりました。精一杯やります。

B ✦ 障害をもつ子供を育てた男

Bはやや裕福な農家の長男に生まれた。弟は父にかわいがられていた一方で、非常に厳しく育てられた。その厳しさに耐え、結婚して子供を授かった。その子供は、身体に障害をもっていた。

子供が八歳になったとき、近くの大きなお寺で和尚の講話があることを知り、聞きに行った。最初に和尚の講話があり、その途中で質問が許されたことから、和尚に質問した。

和尚　今日は幼児虐待の話をしましょう。この町には虐待を受けて死んだり、怪我を負ったりしている子供がたくさんいます。最近、町の掲示板でよく目にするでしょう。その原因が何であるかについて話をします。

原因はいくつか考えられますが、代表的なものとして、前世で自分や他人の子供を虐待していたことが考えられます。この世で虐待していたことの刑罰があの世で下ると、苦しさに耐えきれずにあの世から逃げ出したくなるものです。そのとき神様に「次の世に生まれ変わったときはどんな苦しみを受けても文句は言いませんから、今すぐ生まれ変わらせてください」と無理にお願いします。すると、虐待するような親の元に生まれさせられます。それで、虐待を受けて大けがを負わされたり、死んだりするのです。

このような子供は、掲示板に報じられることによって虐待が減れば、虐待防止に貢献したことによりこの世での使命を果たすのです。虐待を受けて死んだ子供はかわいそうですが、それがその子の使命であり宿命なのです。

子供を虐待死させた親を掲示板などで見れば腹立たしく思いますが、もしこの親が生まれ変わったときに虐待を受けたとしても、かわいそうに思うどころか、当然の報いだと思うはずなのです。ただ、その行程が我々には見えません。虐待した親が死んでからあの世へ行き、その後、どんな親の元に再生したかという輪廻転生の中身は、我々には分かりません。自分が虐待すれば、来世でその報いが来て、今度は自分が虐待されるのが分からないから、虐待してしまうのです。虐待は絶対にしてはなりません。

B　和尚さん。私は父に非常に厳しく育てられました。前世で何か悪いことをしたのでしょうか。

和尚　人それぞれに違った過去世があります。あなたの過去世は私には分かりません。どんな使命を課せられているかも分かりません。あなたは神様から罪滅ぼしすることを許されたからこの世に生まれてきたのです。また、苦しみに耐えることが課題として与えられているからでしょう。ありがたく頂き、乗り越えなければなりません。

B　わかりました。いい親の元にいい子が生まれ、悪い親の元に悪い子が生まれそうなものですが、必ずしもそうではないような気がします。「親はいい人なのに、なぜ子供はあんなに悪いのだろう」と思うこともあります。どうしてでしょうか。

和尚　この世の修行内容は、人によって違うからです。子供を育てることも親にとっての修行なのです。そのため神様は、親の修業のためにふさわしい子供を選んで、親に送り届けるのです。同様に、子供は修業をするのにふさわしい親の元に送り届けられるのです。

B　私の子供は生まれつき体に障害をもっておりまして、近所の子供たちから仲間はずれにされたりいじめられたりして、かわいそうでならないのです。それに、親である私も子供の世話が負担になっています。

和尚　大変でしょうね。それはあなたの前世や前々世の行いが原因なのか、それとも、何か別の使命、例えば他の人の手本になるとか、支援団体を作るとかで、あなたが大きな仕事をする使命を神様から課せられていることが考えられます。人は悩み苦しみ、必死に考えなければ、大きなことを成し遂げようとはしないですからねえ。

B　もし、私の前世に原因があるとしたら、どんな悪行が考えられるのでしょうか。

和尚　考えられるのは、
○　あなたが子供を虐待したか。
○　あなたが障害をもった人を見ても支援の手を差し伸べず、恨みを買ったのか。
といったところです。

しかし、先に言ったように、特別な使命を課せられているかもしれません。例えば、あなたかお子さんのどちらか、それともお二人ともが、大きな使命を課せられていて、自立することによって人々に勇気を与えたり、新しい便利な器具を発明したりして社会に大きな貢献をするという使命です。
B　前の二つのうちの、どれかに当てはまるかは、誰にも分からないのですね。
和尚　誰にも分かりません。必ずどちらかに当てはまるのであれば、そのような目で見られてしまいますが、特別な使命を課せられていることもあって、分からないのです。決してあなたのお子さんを恨んだり、他人様《ひとさま》の健常な子供をうらやましく思ったりしてはいけません。
育児が困難な子供を持つ親は、子育ての苦労が課題として与えられています。育児放棄をする親がいますが、神から与えられた課題を放棄すれば、もう二度とこの世に生まれてくることが許されなくなるかもしれません。人それぞれ厳しい課題もあればそうでない課題もあり、使命の大きさも違います。あの世とこの世を行ったり来たりする長い行程の中で、この世の人生は、ほんの短期間のものです。

他人をうらやんだりせず、大きな課題を与えられたことに誇りを持ち、感謝しなければなりません。「若い時の苦労は買ってでもせよ」と言います。本当は、自ら厳しい課題を作って自己を高めるべきなのです。

B　それでは、子供の前世には何が考えられるのですか。

和尚　考えられるのは三つあります。

一つ目は自殺です。自殺は神様から頂いた命を自ら放棄することですから重罪です。あの世で体が治るのに何十年もかかります。その間、痛くてたまりません。痛みから解放されようとして神様に願い出るのですが、そのときに提示される条件は決して生やさしいものではないのです。普通では受け入れられないような厳しい条件でも、苦しさから逃れたい一心で厳しい条件を受け入れ、一生懸命に生きる約束をしてこの世に生まれて来ます。傷が治りきらないうちに生まれて来るので、体が不自由であったりするのです。

二つ目は、前世で人を傷つけ、まだ謝罪が終わっていない場合や、罪滅ぼしができていない場合が考えられます。「因果応報」という言葉がありますが、悪いことをすれば必ず報いが来ます。自分の悪行の因縁は、苦しむか善徳を積まなければ断ち切ることができないようになっているのです。特に、多くの人を傷つけた場合は、それ相応の報いが来ます。三つ目は、障害をもった人をいじめたりして大きな恨みを買ったり、死に追いやってしまった場合が考えられます。

以上が、前世が悪かった場合の話です。

前世の罪に無関係だとすれば、先ほど言ったのと同じで、大きな使命を課せられていることです。これら四つのうちの、どれに当たるかは誰にも分かりません。分からない方がいいからです。あなたの因縁や使命とお子さんの因縁や使命が合致して、あなたのお子さんとして生まれてきたのかもしれません。

ただ一つ言えることは、あなたのお子さんは、殺されたり虐待されたりすることなくあなたに育てられていて、それ自体が幸せであるということです。ですから、あなたの使命を果たすだけでなく、あなたのお子さんにも使命を果たさせてあげてほしいのです。

具体的に言いますと、一番いいのは、先ほども触れましたが、新しい器具を開発して障害のある人に喜んでもらうことです。「必要は発明の母」と言う言葉がありますが、あなたのお子さんが困っているのを見れば、どういう物が必要か分かるはずです。ご自分でできなくても、世の中に訴えかけるだけでもいいのです。それ以外でも、何かをやり遂げれば、他の人々に勇気を与えます。何でもいいのです。それがあなたとお子さんの使命かもしれません。何事も前向きに考えれば、やる気も起こるでしょう。

和尚の話を聞いて、自分に何かできることはないか、何とかして社会に貢献できないか考えたが、答えを見つけ出すことはできなかった。子供は自立のための訓練を根気よく続け、障害を克服して自立した。手に職をつけ、老後の面倒も見てくれ、Bは満足して五十歳で生涯を閉じた。

✦

Bがみんなの広場に到着すると、曾祖父が待っていて、言われた。

曾祖父 お前は体の不自由な子供を根気よく育て、自立させた。よくやった。父が非常に厳しかったことは恨みに思っているだろう。しかし、父を恨んではいけない。なぜなら、前世では、お前の父は、お前の子供だったからだ。

B ええっ。そんなことって、あるのですか。

曾祖父 そうだ。お前は前世で、お前の息子であった父を殴っていた。その報いが来て、父と子の立場が入れ替わり、今度はお前が厳しく育てられることになったんだ。これはワシが誕生の神様にお願いして、そうしてもらった。悪い因縁を断ち切るためだ。だから、いくら厳しくても暴力は受けなかったろう。辛抱を重ねれば、悪い因縁は消えるんだ。

お前の父は、根はやさしい人間だ。父はお前には厳しかったが、弟にはやさしかった。お前に対するときだけ、厳しさを発揮していたんだ。もっと正確に言えば、ワシがそうさせた。だから、父を恨むな。

B　そうだったのですか。

曾祖父　体の不自由な子供を授かったのも、ワシが誕生の神様にお願いしたからだ。明日の朝、裁判がある。遅れないように行け。

Bは曾祖父から、体の不自由な子供を授かったいきさつについて知らされた上で、裁判に臨んだ。

裁判神　君は子供を自立させたが、もっと大きな使命に気付かなかったようだな。まあいい。

B　私には、どんな大きな使命があったのでしょうか。

裁　あの世には、身体の障害に苦しんでいる人がたくさんいる。幼少の頃からいじめられたり、暴力を受けたり、様々である。君に子供ができて、その子が身体に障害をもっていた。それで友達からいじめられたりした。そのとき、君は何とも思わなかったのか。どうにかしてあの世を変えたいと思わなかったのか。

B　納得はできなかったのですが、だからといって、自分ではどうしようもないと思って諦めていました。

裁　君は若い頃、和尚の話を聞いたであろう。自分が恵まれない環境にあるのは、過去世の行いの罰であるとは限らず、何か大きな使命、例えば、支援団体を作るとか……。

B　私にはそんな大きなことができるとは思ってもいませんでした。

裁　そんなに大げさに考えることはないんだよ。小さなことでもいい。「こんな物があればいいのに」といった考えでもいい。ただ、大きなことをする人は、苦境のどん底で必死にもがき苦しんで考えた末に、誰も思いつかないことを思いつき、大きな仕事を成し遂げるものだ。ただ単に罰を与えられているだけだと消極的に考えて生きるか、それとも何らかの使命を課せられているのだから何かに挑戦してみようと思うかで、大きな差が出るんだよ。

B　子供の体が次第に良くなっていくのを見て、満足してしまいました。

裁　そうか。根気よく育児をして成長させたことは評価する。神が期待していたのは、更に大きく成長することだった。何かに挑戦し、たとえ成功しなくても、一生懸命に考えて努力すれば、それだけで成長する。成功したという結果も大事だが、それよりも、努力したという過程の方が大事だ。この世では「成功」よりも「成長」の方が評価されるんだ。今回は惜しくも不合格だ。次の世に期待している。人道最下段の町に行き、修業しなさい。

Bは人道最下段の貧しい町に行った。その町は食糧難に陥りかけていた。しかし、子供が仏壇に、ご飯、お茶、白湯《さゆ》などをお供えしてくれたので助かった。空腹であったため、すぐに食べようとしたが、子供が「先に、町を監督する神様に届けてください。そのお下がりを近所の人に配ってください。全て配り終え、返ってきたものを食べてください」と言っているのが聞こえた。

「不思議なことを言うもんだなあ。俺や先祖のためにお供え物をしているはずなのに。先に他人に配って何も返ってこなかったら、何も食べられないじゃないか。いったい、誰のためにしているのか」と思いながらもその通りに実行した。

次の日も仏壇の鐘がチーン、チーンと鳴り、読経の声が聞こえた。他の先祖と急いで仏壇に集合し、一緒にお経を唱えた。その後、ご飯、お茶、白湯などを受け取り、その足で監督神に届けた。すぐにお下がりを頂き、自分たちが食べる前に周りの人に配った。「お腹が減っていて、先に食べたいのになあ」と思っていると、曾祖父に叱られた。

曾祖父　お前が配っているのは、実際は、食べ物や飲み物ではなく、その中に込められている真心《まごころ》だ。形だけのものは真心がこもっていないから、見た目もみすぼらしい。真心がこもっていればおいしくて、みんなが欲しがるから、配ると感謝される。それによって自分の罪も少しずつ軽くなって行くのだ。お前が配った食べ物は、お前の真心がこもっていないせいで味が落ち、おいしそうに見えない。父や母が配っている食べ物を見てみろ。どうだ。

B　ああ、おいしそうに見えます。父も母も真心を込めて配っています。自分の気持ち次第で、こうも変わるのですね。

曾祖父　そうだよ。子供が届けてくれた真心を、お前は台無しにしていた。飢えている人がいるのに、お前は食べられるだけでもありがたいと思わなければならない。反省しろ。

それから、罪を軽くする方法としては、

○　施しをして感謝される。

○　被害弁済したり謝罪したりして、被害者に許してもらう。

○　同じような被害を受けて苦しみを味わい、反省する。

の三つがある。

この中で、施しをして感謝されるのが最も楽であるのは言うまでもない。だから、欲望を抑え、人に親切にしなければならない。また、子供を大切にし、一生懸命に精魂込めて育てなければならないんだ。そうすれば、子供は社会に貢献できる立派な人間に成長する。今度生まれ変わっても、必ず実行せよ。

曾祖父の話を聞いて、真心を込めて食べ物を配るようになった。先に他人に配っても、必ず自分の分が返ってきた。しかも、多くの人を巡ってきた食べ物の方が感謝の気持ちがこもっていて、おいしかった。

三十年間人道に在籍し、人道の上層部に階位を上げた。そして誕生神に呼ばれ「君は医者になり、正しい医療を行え」と命じられた。

C ✦ 性犯罪を繰り返した男

Cはこの世に生まれる前、誕生神から「男として旺盛な性欲を抑え、性癖を克服して性犯罪の因縁を断つ」という課題を与えられた。過去世で性犯罪を起こし、その償いが完全にはできていなかったからである。

裕福な家庭で育ち、大きな商店で働き、人格者で通っていた。しかし、好みの若い女性を見ると、性欲を抑えることに苦労していた。「女性に手を出せば犯罪になり、捕まる。絶対に手を出すな」と自分に言い聞かせていた。

ところが、働き始めて三年目のある日「一回限り」と決めて女性の後方から近づき、体を触って逃げた。一回限りと決めていたが我慢できず、二回、三回とやるうち、ついに五十回に及んだ。更には、民家に干してある女性の下着を盗んで自宅に持ち帰っていた。盗んだ下着は二十着である。

奉行所はCの犯行ではないかと考え、何度も呼び出して取り調べをしていたが、犯行を認めなかった。確たる証拠もなく、逮捕に至らなかったが、厳しい取り調べをした。

奉行　お前は被害を受けている女性の気持ちが分からないのか。お前が女性で、男に体を触られたり下着を盗まれたりしたらどんな思いをするか！
C　まるで僕が痴漢や下着泥棒をやっているかのような言い方じゃないですか。
奉行　やっているのは分かっている。さっさと自供して、盗んだ下着を被害者に返せ。
C　やっていないものは、やっていないのです。下着なんかどこにもありません。
奉行　どこに隠したのだ。盗まれた人は、また新たに下着を買わなければならない。余計な出費だ。今なら刑も軽くなる。言え。こんなことを繰り返していたら、今度はお前がやられる番になる。因果応報という言葉があるが、悪いことをすれば罰《ばち》が当たり、不幸な目にあうのだ。この世の中は、罪を犯して逃げ延びられるほど甘くはない。自分のやったことを素直に認めて反省し、一から出直すのだ。
C　そんなことを言う前に、僕が犯人であるという証拠を出してください。
奉行　証拠を出されてから言うのではなく、出される前に言うのだ。自分でもこんなことを続けていてはだめだと分かっているはずだ。いい機会だから自供しろ。被害女性に代わって言うが、お前は女性の敵だ。お前みたいな男がこの世に存在するから、女性は被害にあわないよう、男に気をつけないといけないんだ。

俺も町を歩いていて、男だというだけで、痴漢ではないかという目で見られることがある。お前みたいな男がいるからだ。たぶん、死んだらあの世で被害女性から仕返しをされるだろう。覚悟しておけ！

Cは奉行に言われたように、このままだと自分が堕落していくだけだと分かっていた。しかし、厳格な父とやさしい母、愛している妻、それにかわいい娘にどう思われるかを考えると、どうしても自供できなかった。証拠品は見つからない自信もあった。

このまま犯行を続ければいつかは捕まると思い、何度もやめようと自分に言い聞かせたが、外出して好みの若い女性を見たり、女性の洗濯物を見たりすると、自分の性欲を抑えることができなかった。「性欲があるのが悪いのであり、それが行動に出てしまうのは仕方がない。被害にあった若い女性には我慢してもらうしかない」と自分本位に考えた。

五十歳で死を迎え「一度も捕まることなく、うまく逃げ切った」と安堵した。

Cの心は体から離れたが、そのとき異様な感触を覚えた。なんと、女性用の衣類が、左手に三十五着、右手にも三十五着、重たく密着しているではないか。これまでに触ったり盗んだりした女性の衣服や下着の合計七十着である。そして触ってきた感触と光景、盗んで喜んでいる自分の姿が鮮やかによみがえってきた。

重い荷物を抱えたまま、みんなの広場に到着し、周りを見渡すと、大勢の人がCをじっと見つめている。Cの姿を見て笑っている者や「いやらしいやつ」と指さす者、罵声を浴びせる者など、さまざまである。また、Cが来るとの情報を得て「私の下着を盗んだ男の顔が見たかった。どの男だ」と捜している被害女性もいる。もちろん反論もできない。恥ずかしくてたまらない。逃げ出したいが逃げる場所もない。こんなことなら、あの世でさっさと自供しておけばよかったと後悔した。

みんなの広場の中央にたどり着くと、祖父母が来ていて、きつく叱られた。更に「お前のあの世での行いを見るたびに、恥ずかしく情けない思いをしてきた。ご近所様に合わす顔がなかった」と涙ながらに言われ、恥ずかしい思いをさせて申し訳ないと思った。祖父母は「明日、裁判が開かれるので、反省して謝りなさい」と言って、恥ずかしそうにどこかへ去っていった。

Cは翌朝、裁判に臨んだ。傍聴席には、Cに体を触られた被害者五十人のうち二十人と、下着を盗まれた被害者二十人のうち十人が待ちかまえていた。ものすごい形相でにらみつけ

る人、すすり泣く人や「顔も見たくない」と目を背ける人もいる。どう詫びればいいのか、言葉も浮かばない。

裁判神　聴衆者の中には、君から被害を受けた人が三十人もいる。その人たちの気持ちが君には分かるかな。

C　はい。申し訳ございません。申し訳ございません。私は自分の欲望を満たすことしか考えていませんでした。もう、何を言われても、何をされても、文句は言えません。

裁　男が女より強い力を与えられているのは、力仕事をすることや、悪と戦うためである。強い力はその目的のために使わなければならない。ところが君はその力を、自分の欲望を満たすために、力の弱い女性に向けて使った。言語道断である。よって、君は美女に化身し、畜生道に行ってもらう。何か言いたいことはあるか。

C　はい、深く反省しております。ただ一つだけ、恐る恐る申し上げます。私は、美しい女性を見ると、居ても立っても居られません。性欲が旺盛で、辛抱ができないのです。私は女性が私より弱く、抵抗できないことは分かっていました。でも、性欲さえなければやらなかったのです。なぜ、性欲が悪であるのに、人間に与えられているのでしょうか。性欲を与えられなければ、犯罪も起こらないと思います。

裁 性欲が悪いというわけではない。人間には、性欲以外にも、食欲、睡眠欲などがある。なぜ、そのような欲が与えられているかというと、欲がなければ行動しないからである。性欲がなければ子供が生まれない。食欲がなければ食事をしない。睡眠欲がなければ睡眠を取らない。何事にも欲が必要だ。しかし、それを行使するには限度がある。基本的には、必要範囲内だけだ。自分の欲を満たすために何をやってもいいというものではない。まして、自分より弱い者に手を出すのは最低だ。

欲があっても、それを抑えることに意義がある。神は人間に欲を持たせた上で、それを辛抱することを求めているのだ。女性を力で押さえつけることができても、そうしないことに値打ちがある。自分を律してこそ人間としての価値があるのだ。力は強いが良いことにだけ発揮し、悪いことには発揮しない、これが本当の力である。君は男として失格だ。先ほど言ったとおり、畜生道に行きなさい。

判決を受けた後、裁判所に来ている女性に対し、何をおいても謝るしかないと思い、とにかく一人ひとりに真剣に謝った。殴られもした。「一生忘れられなかった」と泣く女性もいた。申し訳なく思い、何をされても辛抱して、何とか十五人の被害者の許しを得た。それにより、密着している衣類は十五着減り、残り五十五着になった。

残り数を減らすには、二つの方法がある。裁判所に来ている人に謝り続けて許してもらうことと、裁判所に来ていない被害者四十人を捜し出して謝り、許してもらうことである。裁判所に来ている人に何度も謝るのは、一方的に殴られたり、ののしられたりして耐え難い。また、裁判所に来ていない残り四十人を捜し出すのは不可能に近い。四十人のうちの半分以上はまだあの世で生きているから、絶対に会えない。どうすればいいか、悩み苦しんだ。

更に恐ろしいのは、両親や親戚、友人、知人に会うことである。父親に会うとどんなひどい目にあわされるか分からない。どんなに殴られてもこの世では死ぬことがなく、痛みが持続するからである。また、母親が自分の姿を見ればどんなに嘆き悲しむか分からない。親戚、友人、知人には善人で通っているので、どんなに非難されるか……それに、畜生道に落ちれば、同じ住人から非難されたりいじめを受けたりする。畜生道は弱者に対する犯罪が最もいやがられ、いじめを受けるからである。考えれば考えるほど恐ろしくなる。

Cに体を触られた一人に、Ｐがいる。Ｃより少し前に死んでこの世に来ており、Ｃの裁判に被害者として出廷していた。Ｐは納得できないことがあり、裁判神に質問した。

女性Ｐ　なぜ悪人はあの世で悪いことをしても、すぐにその場で裁かれないのですか。人を殺せばすぐにこの世に引き戻すようにすれば、二度と人を殺さなくなります。この世では、悪いことをしようとすると体が動かなくなるのに、なぜ、あの世でも同じことが起こらないのですか。悪人を放置するのは納得できません。もしあの世でも同じことが行われていれば、私は体を触られる被害にあわなかったですし、他にも犠牲者が出なかったはずです。

裁判神　なるほど、もっともな意見だ。しかし、あの世での行為は、その都度裁かれるのではなく、この世に来てから一括して裁かれることになっている。だからあの世でどんなに悪いことをしても、すぐに死んだりしない。あの世の決まり事なんだよ。

P　どうしてですか。人を殺した人がその場で死ねば、「人を殺せば自分も死ぬ」と思って誰も人を殺さなくなります。人の物を盗むとその場で腕がちょん切れれば、誰も人の物を盗まなくなります。どうしてそんな世の中にしてくださらないのですか。

裁　それも、もっともな意見だ。しかし、あの世は何のためにあるのか。何のためにあの世に行くのかをよく考えてごらん。

P　はい、修業のためです。

裁　そうだろう。悪いことをすればすぐに報いが来るのが分かっていれば、誰も悪いことはしない。それでは一向に成長しない。自分で気付き、自制するところに価値があるんだ。「やろうと思えばできるが、悪いことだからしない」これが肝心だ。報いが来るのが分からなくても、もっと言うと、報いが来なくても「悪いことをすれば相手に迷惑がかかる」

という考えから悪いことをしない。やれるだけの力があっても、自分を厳しく律して、やらないのが本当の力である。それでこそ本当の修業になるんだ。そこに人間としての値打ちが生まれるんだよ。

「人に親切にすればこれだけの見返りがある。だから親切にする」とか「これだけの寄付をして、それが世間に知れたら、世間は自分を高く評価してくれる」というのであればあまり値打ちがないし、修業にもならない。親切にされた方もあまり嬉しくないだろう。

P はい、よく分かりました。報いがなくても良いことをし、悪いこともしないところに価値があり、貴さがあるということですね。

裁 そうだ。だから、次の世では、この男を反面教師として、善行に励むのだ。

ついでだから言うが、ここに来ている被害女性の中にも、前世が男で、この男と同じようなことをして女性を苦しめた人がいる。今回は被害者になったが、いつ被害者が加害者になり、加害者が被害者になるか分からない。そのことを絶対に忘れないように。

話はCに戻る。畜生道に送り込まれると、案の定、恐れていたことが起こった。突然、後ろから殴られた。振り向くと、父であった。その目には涙が浮かんでいた。すぐ母もやってきて、泣いていた。父も母も、あの世で生きているときは、息子が真面目に働き、犯罪には無縁であると思っていたが、この世に来て裁判を受けた際、犯罪者を産み育てたことで、神から叱責された。その後、Ｃの行動を見ていたが、痴漢や下着泥棒を繰り返しており、先祖や町の人に顔向けができなかったのである。

それでも父は「俺の育て方が悪かった。愛情が足りなかったのかもしれない」と言ってくれた。Ｃにとっては、それがせめてもの救いであった。その後、父も母も、ただ泣いているだけで、いつの間にか、どこかへ立ち去った。

その後も女性を狙った犯罪者に対する攻撃が厳しかった。あの世でＣから被害を受け、許してくれない女性たちが野獣に化身して後をつきまとったり、襲いかかったりした。Ｃには家も何も与えられていなかったので、逃げ隠れする場所がなく、一日中、恐怖に怯えていた。

あの世では、捕まって牢屋に入れられても、身の安全が保証され、寝床、食べ物などが与えられるが、ここでは一切が与えられない。追いかけられたり暴力を受けたりしている姿を見ても、助ける者は誰一人としていないのである。被害女性からの攻撃も厳しいが、同種犯罪を起こした男の、自分自身のことを棚に上げての攻撃も厳しい。密着している下着を引っ張ってＣの顔に押し当てる者、着物を無理にＣに着せて女装させて笑う者、その他さまざまないやがらせをする者がいた。その厳しいいやがらせに耐え、残り三十着になり、少しはほっとした。

ところが、ほっとするのも束の間、今度は両手に密着していた下着が全て取り払われたかと思うと、美女に化身していた。あの世で被害を受けていた美女のような姿に変わったのである。いやらしそうな男たちが次々と迫ってくる。気持ちが悪くてたまらない。何をされるか分からない。「俺は男なんだ！」と叫びたいが声が出ない。こんな日々が三年間続いた。

やっと元の状態に戻ったかと思うと、今度は妻が死んであの世からやってくるとの知らせが届いた。当然、女性の下着を持っている姿を見て気付くだろう。自分の過去がどんなものか。そのうち娘もやってくる。「こんなことになるくらいなら、あの世で償っておくんだった」とまたも後悔した。

妻はこの世に来て裁判を受け、修羅道行きの判決を受けた。そのとき「君の夫は畜生道で罰を受けている。修羅道に行く前に、今すぐ会いに行きなさい」と命じられた。妻が畜生道に行くと、Cが被害女性の前で、女性の下着を両手に持っている姿を見た。近くにいる男に「この男はあんたの旦那《だんな》か。あの世で若い女性の体を触ったり、下着を盗んだりしていた。今、一生懸命にこの女性に謝っているところだよ」と教えられ、その場に泣き崩れた。恥ずかしくてたまらないが、隠れる場所も逃げる場所もない。夫婦ともども、泣いて女性に詫びたが、女性は許してくれない。それを見て、あざ笑う者、けなす者、小突く者など、さまざまである。中には、妻に対し「こんな男と一緒になったあんたが悪いのよ」と心ない言葉を浴びせる者もいた。その後、妻は修羅道に移された。
この世に来て二十年以上謝罪を続けていると、精神的に疲弊して頭がおかしくなる感覚を覚え、ついに耐えきれず、監督神に願い出た。

C 私のこのような生活はいつまで続くのでしょうか。もう耐えられません。

監督神 そうだなあ。君から被害を受けた全ての女性の心の傷が治ったときだな。全ての傷が治ったときには、誕生の神様に呼んでもらえる。そもそも、あの世で刑罰を受けてこなかったのが間違いだ。あの世の刑罰はこの世の刑罰よりもずっと軽くて、期間も短い。あの世の奉行も、牢屋の番人もやさしいだろう。刑罰といっても、暴力を振るわれることもなければ、食事を抜かれることもない。あの世で刑罰を受けてくれれば良かったんだよ。

C もう、死んでしまいたいです。でも、死ぬことすらできません。何とか、あの世に生まれ変わらせてください。

監 君が生まれ変わりたいと言っても、あの世の人たちは、君が生まれてくることを受け入れてくれると思うか?

C たぶん、受け入れてくれないと思います。私が逆の立場だったら、いやです。

監 そうだろう。君のような「女性の敵」は、特に女性はいやがるだろうな。だったら、罪の償いが終わるまで辛抱するしかない。

その後も数年間、畜生道でつらい日々を送り、修羅道に上がった。修羅道でもいじめを受け、十年間、反省の日々を送った。必死に被害女性を捜し出して謝罪をした。恥もさらした。そしてついに密着していた衣類が全てなくなった。

喜んでいると、今度は娘が死んであの世から来るとの知らせが来た。「娘には絶対に会いたくない。絶対に知られたくない」と強く思ったが、それは無理だと諦めた。娘の裁判に呼ばれたからである。

裁判所で娘に会った。娘は「お父さん！」と言って大喜びしたが、娘の顔からすぐに笑顔が消えた。Cは「やっぱり」と思った。何回も女性の体を触ったり、下着を盗んだりした記憶が心の中に映像として残っていて、隠せない。娘はその映像を見て、その場に泣き崩れた。Cは退廷を命じられ、泣きながら修羅道に戻った。

再び謝罪を続けていると、修羅道からの脱出を許され、人道の最下段に移された。ここの住民は素行はあまり良くないが、いじめはほとんどない。衣類は全て外されたものの、心の中では、性犯罪を起こしてきたという気持ちが残っており、それが周りの人には見えるから、恥ずかしい。衣類が全て外されたのは、苦しむことによって罪が軽くなったからで、謝罪が全て終わったわけではない。被害女性の中には、まだあの世で生きている人が何人かいるので、謝罪が全て終わるのはもっと先のことである。気の遠くなる話であるが、被害女性を捜し回って謝罪した。ここで数年間、反省の日々を送ると、誕生神に呼ばれた。

誕生神　君はまだ被害女性への謝罪が、五人残っている。その五人は全てあの世で生きている。死んでここに来るにはまだ十年以上かかるだろう。ここに残って全員の謝罪を済ませてからあの世に生まれるか、それとも、謝罪をせずに今すぐあの世に生まれるか、どうする。

C　全ての謝罪を済ませたいです。ここまで来れば、恥ずかしい思いをしてでも、すっきりとした状態であの世に生まれ変わりたいです。可能な限り、罪の償いをさせてください。

誕　そうか。全ての謝罪を済ませたいか。それでは、時間の許す限り、罪の償いをさせてあげよう。

Cは不謹慎なこととは思いながらも、あの世にいる被害女性が早く死んでこの世に来てほしいと願っていた。そして二十年後、全ての被害女性に謝罪を終えた。誕生神に呼ばれ、次は中流家庭の女に生まれ、悔しい思いをしてそれを乗り越えるよう命じられた。

第9章

A ✦ 副社長として会社の発展に努めた男

時代は二十世紀に入った。

Aは、恵まれない家庭の男に生まれた。頭脳明晰ではなく、機転が利かない。健康にも恵まれない。しかし、向上心は旺盛だった。一生懸命に勉強して大学を卒業し、卒業後は会社に就職してまじめに働いていたが、二年で理不尽な解雇のされ方をして、生きる希望を見失っていた。そこで、信頼できる高校時代の先輩に会って、今の自分の心境を赤裸々に語った。その先輩は、現在は会社を経営している。

A 私は何も悪いことをしていませんし、成績が悪いわけでもないのに、一方的に会社を解雇されました。この世の中は、強い立場の者だけが生き残り、弱い立場の者は隅に追いやられる仕組みになっています。一緒に働いていても、私の部長なんか一日中何もせず、ほとんど役に立っていないのに、解雇されません。会社にとって私の方がよっぽど役に立つのに、私が解雇されました。自分の能力不足で解雇されるのならある程度納得できますが、これでは納得ができません。私は何のために生まれてきたのか。これから何を励みに生きていけばいいのか。生き甲斐を見いだせないのです。

先輩　君は高校時代、テニスをやっていたね。クラブ活動は厳しかった。グラウンドを何周も走らされたし、筋肉トレーニングもきつかった。でも、途中でやめたりはしなかった。なぜだろう。

A　クラブ活動は将来のためになると思っていたからです。

先輩　でも、練習がきつくて、いやじゃなかったのか。「グラウンドもう一周追加」とか「腹筋もう二十回追加」とか言われたら、ため息をついていたじゃないか。入部前から練習のきつさは分かっていたのに、なぜ入ったのか。きついのがいやなら、入らなければよかったのに。

A　練習はきついですが、クラブ活動は、人間関係をつくり、精神的、肉体的にも鍛えられ、社会に出たときに役立つと親に言われたので、それを信じました。きついことをやりきったことが、社会に出たときに自信になると。そして、強くなりたい、勝ちたい、という気持ちがあったから苦しみにも耐えられました。でも「何で自分はこんなきついことを自らすすんでやっているのだろうか」と、ふと疑問に思ったことがあります。自分を鍛えようと思って自らやっているのに、練習が終わると「やっと終わった。やれやれ」と喜ぶ自分がいる。その一方で、苦しみに耐え抜いた満足感に浸る自分がいる。自分自身が分からなくなったことがありました。

先輩　人間には生まれつき「楽がしたい」という気持ちと「苦しい思いをしてでも成長したい」という気持ちの両方を植えつけられている。だから、クラブ活動でも仕事でも「苦しいから早く終わってほしい」という気持ちを持ってもかまわない。ただ、成長するためには、つらく苦しいことが必要で、きつい人生を楽しんでほしい。

A　そうは言っても、現実に、職を失ったら、楽しんでなんかいられません。

先輩　会社を解雇されたからといって落ち込むことはない。悪いことの後にはいいことが待っている。くよくよするな。俺は、迷ったときは、どちらが自分の向上のためになるかを考える。人間は自分自身が一番かわいいから、どうすれば楽ができるかを考えてしまう。それもかまわないが、天は常に自分の姿を見ており、努力する姿勢に見合ったハードルを前に置いてくれる。それをありがたく頂いて乗り越えようとするか、邪魔な物と思って回避するかを決めるのは自分自身である。

「何でこんなに頑張っているのに、いい結果が出ないのだろうか」と思うこともあるが、進化させるためのハードルであり、決していやがらせではない。ハードルを回避すれば楽であるが、進化のチャンスは長らくやって来なくなる。与えられたチャンスを自ら手放した者に、すぐに次のチャンスが与えられることはないんだ。でも、堅苦しく考える必要はない。飛躍したければ苦難の道を選べばいいし、そうでなければ緩やかな道でもいい。常に「成長したい」という気持ちでいることが大切なのだ。

A　同級生で成功している人もいれば、私のような人もいます。私より能力が劣ると思われる人でも、環境に恵まれているのか、うまくやっていけている人がいます。人生、うまく行く人とそうでない人の差ってどこにあるのですか。

先輩　人間は生まれた時点ですでに、成功するか、平凡に終わるか、失敗するかは、おおよそ決まっているような気がする。ただ悲しいことに、誰もそれが分からないだけだ。生まれた時点で環境の善し悪しの差がすでに出ている。健康面や容姿、頭脳、家庭環境など、様々な面ですでに差がついている。スポーツ競技なら、最初から差があることはない。五十メートル走で、スタートラインが人によって違うことはないのだが。

そこが人生の、納得ができない面でもあり、おもしろい面でもある。他人事のようで申し訳ないが、ありのままを言った方が分かりやすいと思って言ったんだ。

A　やっぱり、そうですか。私のように、頭が悪く、不健康で、環境に恵まれない家庭に生まれた者は、頭が良くて、スポーツができて、生まれた環境がいい人には勝ち目はないのですね。

先輩　一回の人生だけを考えると、そうかもしれない。しかし、何をもって「勝った」と言えるかだ。高い地位を得たり、金持ちになったりすれば勝ちなのか。違う。たとえ誰かを目標にして頑張って、一生かけても追いつけなかったとき、その人生はだめだった、敗北しただなんて思わないことだ。追いつき、追い越そうとして地道にコツコツと努力することが大切なんだ。

マラソンでも、最初から優勝できないと分かっていても、自分の目標を立て、その目標を達成するために頑張る。走っているときに、他人より遅れていることに不満を持たないだろう。それは、他人との戦いというよりも、むしろ自分との戦いだからだよ。

この世は練習試合だ。本当の勝敗は、あの世に行ったときに教えてもらえるんだよ。そうだ、俺の会社で働いてみないか。

A　はい。ぜひ、働かせてください。

先輩の会社で一からやり直すことにした。先輩は入社早々、高級レストランに行って、大切なことを教えてくれた。

先輩　店員さんの動きをよく観察しておくんだ。接客業の修業で最も大切なことだ。今の会社の仕事にも関係があるので、参考になる。それは、お客さんへの気配り、心配りだ。二人とも、お客さんの行動をつぶさに観察している。しかもお客さんに気付かれないように。

A なるほど。今、お客さんに何をすれば喜ばれるか、考えているんですね。確かに。見ていないようで見ています。逆に、悪い店では、お客さんが手を上げても、見て見ぬ振りをする店員がいます。呼んでも聞こえない振りをする店員もいますよね。

先輩 そうだ。それでは客が来なくなるし、そんな店員の行動も把握できない店の経営者はだめだ。芸の道でも、師匠や先輩への気遣いを教えられる。気が付かないでいると叱られる。厳しい修行であるが、人として最高の修業だと思うよ。封建的だと言う人もいるが、それは違う。うちの会社でも気配り、心配りを厳しく教えている。

A あっ、あの店員さん、子供がこぼしたスープを掃除しています。こぼしたのは子供なのに「すみません。熱すぎましたね。新しいのとお取り替えします」と言いました。

先輩 うん。あたかも、店側に非があったかのように言った。そうしなければ、子供が親に叱られるかもしれない。そうなると、子供がかわいそうだ。食事の雰囲気も悪くなるだろう。だから、わざわざスープも器も取り替えて、元のいい雰囲気をつくり出したんだ。普通の店ではここまでしない。

A テーブルを拭いているのを見ていたもう一人の店員さんが、追加のテーブル拭きを手渡しました。

先輩　前の店員さんが、テーブル拭きを一枚しか持って行っていなかった。だから、一枚では足りないと瞬時に判断した。一枚では足りないので、前の店員さんがもう一枚取りに来るだろう。それでは間が空く。それを防ぐためだ。一枚しか持って行かなかったことを責めているのではなく、お客さんに気付かれないようにしているのだ。そのためには、他の店員さんも、お客さんや店員さんの動きをつぶさに見ておく必要がある。常に神経を研ぎ澄ませていなければできない仕事だ。

A　あのさりげない渡し方が気に入りました。「持ってきてやったぞ」といった恩着せがましさが全くなく、無言で、さも何もなかったかのように、風のように側を通り過ぎて行きました。私は注意して見ていましたが、ボーッと見ていたら見落とすところでした。お客さんには手渡したことを気付かせず、まるで先の店員さんが最初から二枚持って来ていたかのように思わせているのでしょう。これはお客さんと先の店員さんに対する気遣いなのでしょうね。

先輩　そうだな。先の店員さんと二人でテーブルを拭くと、お客さんは、二人の店員さんに迷惑をかけたと負い目を感じるだろう。そうさせないために、あくまでも先の店員さんに最初から最後まで拭かせる。先の店員さんが一人で全部やることによって、その店員さんとお客さんとの間にいい関係も生まれるだろう。

A　お客さんに対する気配り、心配りだけでなく、仕事仲間に対する気配り、心配りも同様に大切だということですね。

先輩　うん。他人に花を持たせることも大切なのだ。他人の仕草を見て「この人は何がしたいのだろうか。この人に何をしてあげればいいのだろうか」と考え、行動することは実に素晴らしい。自分がそれをしてもらったとき「どうしてこの人は俺のやろうとしていることに気付き、手を差し伸べてくれたのだろうか」と感激する。俺は若い頃「あれがあればいいのになあ」と思っていると「はい、これ」と言って先輩に手渡された。そのとき「どうして俺が欲しがっていることが分かったのだろうか。ありがたい」と感激した。そして「この人のように、人が望んでいることに気付けるようになりたい」と強く思ったんだ。それ以来、先輩や周りの人、お客さんに対し、今、何をすれば喜んでいただけるかを常に考えるようになった。人の心が読め、売上げを伸ばしたものだ。雑用はその基本だよ。

その後、Aは努力を重ね、副社長にまで登りつめた。そして、営業第一課長から「部下が言うことを聞いてくれません。いくら厳しくしても効き目がありません。部下に恵まれている営業第二課長がうらやましいです」との嘆きを聞かされ、諭した。

A　君は思い通りに動いてくれない部下に対し、感情的になって叱ったり、冷徹に接したりしていないか。

課長　はい。やさしく言っても、いつも「すみません」と言うだけで、一向に改善されません。謝れば済むと思っていますので、ときには怒鳴ることもあります。私は仕事のできない部下は辞めさせるくらいの勢いで叱りつけてしまいます。私の思い通りの結果が出せないと気が済まないのです。

A　仕事のできない部下であっても、神様が自分に授けてくださった大切な宝物だとありがたく受け止め、立派な仕事人に育てることこそ、君の任務だよ。

課長　そうは言っても、部下に恵まれている第二課長がうらやましくてたまらないのですよ。どうして私は部下に恵まれないのでしょうか。

A　第二課長は君の知らないところで、部下を一生懸命に育てているのかもしれない。最初から優秀な部下なんて、なかなかいない。仕事のできない部下を仕事のできる部下に育て上げれば、一人前の課長だ。君と気に入らない部下とは何かの縁で上司・部下の関係になっているような気がする。子供も部下も同じで、思い通りに動かなければ、まず自分の悪いところを見つけ出して、改めることから始めればいい。そうすれば子供や部下は自分の欠点を最もよく教えてくれていることが分かるよ。

課長　はい。それと部下が、できそうもないことを、やってほしいとよく言ってくるのです。

A　客とのやりとりを聞いていると「そんな物は当社にはありません」と言っているのを聞くことがある。問い合わせがあるということは、欲しがっている人がいるということだ。「そんな物はない」と言うのではなく、ないのなら「よし、自分が作ってやろう」と思って挑戦しなければだめだ。部下にやってほしいと言われ「それは不可能だ」と返答する暇があったら、「できるように、部長に進言してやろう」とか「できるように社内規則を変えてやろう」という気持ちが起きなければ、部下の信頼は得られない。

課長　はい、わかりました。それと、私は反抗的な部下の言うことを、なかなか受け入れることができません。

A　反抗的であっても、本音をぶつけてくる部下は信用できる。黙って従っていても、腹の中では何を考えているか分からない部下もいる。もっと部下と直接話をして、話しかけられやすい課長にならなければならない。威厳も大事だが、部下の本音を掴むことはもっと大事だ。自分の思い通りにならず、おもしろくないと思っている者ほど、何をどう改善すればれば仕事がうまくいくか、よく分かっているものだ。その、よく分かっている部分をうまく聞き出すんだ。

課長　はい。話は変わりますが、副社長はボランティア活動にも積極的だと聞きました。

A　そうだな。自分で言うのも何だが、経済活動で儲けた利潤は社会に還元しなければならないと思ってやっているんだ。自分が儲かったのは人様のお陰だから、それに感謝し、困っている人たちのために財を費やすべきであると。自分が儲かった陰で、損をして泣いている人もいる。自分が勝ったということは、負けた人がいるということだ。また、自分のために犠牲になってくれた人、頑張ってくれた人にも感謝の気持ちを込めてお返しをすべきだと。世の中には、困っている国や団体に寄付したり児童の登下校時に交通安全活動に参加したりして、少しでも世の中に貢献しようと頑張っている人たちがいる。自分も何かをしなければ、その人たちに対し、恥ずかしくなる。あの世へ行けば自己の心の貧困さを暴露され、大いに恥をかくそうだ。特に年齢を重ねると、若い人たちに模範を示さなければならない立場になる。悪い見本を示したくはないんだ。

その後も会社の発展を第一に考えて、苦心努力した。社長に推薦されたこともあったが、病に冒されていたため、社長の重責は果たせないことを自覚して、社長にはならなかった。退職後は地域住民のためにボランティア活動を積極的に行い、町の発展に貢献し、七十歳で往生した。

Aがみんなの広場に到着すると、先にこの世に来ていた高校の先輩が迎えてくれた。先輩は、

よく頑張ったな。ここに来てよく分かったが、やっぱり、あの世はクラブ活動だよ。きついのは当たり前。それから、どれだけ勝ったか負けたかじゃないよ。あの世は練習試合だ。結局、どれだけ成長できたかだよ。

例えば、百メートル走るのに、足に障害をもっている生徒が五十秒かかっていたのを一年間頑張って四十秒に縮めた。別の生徒は、十四秒を十三秒に縮めたとしよう。学校の成績では、十三秒の生徒を高く評価する。ところが、神様の評価は逆だそうだ。悪い環境下にあるということは、伸《の》び代《しろ》が大きいということだよ。

と言いながら、みんなの広場の中央にある泉に連れて行ってくれた。泉の前に着くと、Aは長老たちにあいさつし、翌朝、裁判に臨んだ。

裁判神　君は逆境に耐え、組織人として使命を十分に果たした。合格だ。あの世で一生懸命

に努力し、向上したが、本当の成果が出るのはこの世に来てからだ。この世でも、更に活躍してほしい。あの世の矛盾を何とか改善したいと思う気持ちは大切であり、改善すべきは大いに改善すべきである。しかし、あの世が快適すぎると、修業の場にならない。「いやなことが降りかかってくるのは当たり前」と思ってちょうどいいんだ。君は厳しすぎず、緩すぎず、会社をうまく成長させた。

A　ありがとうございます。ただ、病気のため、社長になれなかったのは残念です。

裁　そうだろうな。人それぞれにその人生の使命があり、器の大小も人によって違う。組織の中で頂点に立って指揮するのに向いている人と、陰で支えて組織を躍進させる役に向いている人がいる。組織に対して非常に献身的で謙虚であり、表に立とうとしない、目立ちたがらない人は、一生裏方で終わる方がいい場合が多い。長年裏方で活躍した人が人柄を買われて頂点に立ったが、頂点に立つ器ではなかったために失脚することがある。自己の宿命というか、神から与えられた課題からはみ出しているからである。つまり、未来世でその力を発揮すべきだったのに、早まったということだ。

A　私は急がなくて良かったということでしょうか。

裁　そういうことだ。新しいことに挑戦する場合、自分に向いているかどうか、器の範囲内かどうかを見極める必要がある。実際は困難だが……失敗したとき、犠牲者が自分だけなら許されるが、他人を巻き込んだ場合はその責任は重人であり、死後や来世までもその責任を追及されることになる。

Ａ　やっぱり、副社長のままで良かったのですね。

裁　うん。君は昇進して役職が上がり、収入も増えたとき、部下のために私財を投じて便利な物を設置した。それによって、仕事の能率が上がった。良い心がけである。上に立った者は、その分、組織に還元するという気持ちが大切である。しかし、中にはそのような気持ちはなく、ただ威張りたい、いい目がしたい、金が欲しいといった欲望だけしか持っていない者もいる。あの世における上位の肩書きは、この世では負担になることが多い。しっかり使命を果たせば大きな功績になるが、果たせなかったときの借財は大変なものになる。この世に来たとき、返済に追われるだけで、後悔しか残らないんだ。出世なんかすべきでなかったと。君には後悔はないだろう。

Ａ　どん欲でなかったことが幸いしました。

裁　欲は必要だ。食欲、性欲、睡眠欲などはなくてはならない。出世欲も必要だ。しかし、出し過ぎてはならない。食べ過ぎてはいけない。寝過ぎてもいけない。何事も、ほどほどがいいんだ。

Ａ　それでもやはり、病気になってしまったのが悔しいです。

裁　そんなもんだよ、人生は。大きな功績を打ち立てた人が暗殺されたり、急病で亡くなったりすると、「もし生きていれば、どんなにすごい活躍をしていただろうか、世の中がどんなに変わっていただろうか」と考えたくなるが、最初から決まっていたことであり、変更されることはない。これ以上生き続ければ、失敗したり悪いことをしたりして、その名に傷が付くから、最もいい状態で往生の神様に呼ばれることもある。また、同じ人が大きな功績を挙げると、他の人の出番がなくなる、すなわち、他の人が功績を挙げる機会がなくなるから、それ以上同じ人に功績が集中しないようにするために、往生の神様に呼ばれるということもある。殺されたことが大きな反響を呼び、新たな改革がなされることもあるので、殺されたことが必ずしも悪いということではない。神様のやることは、人間には理解できないものだ。

A　私の場合は、社長になるとその先が良くないから、病気になったのでしょうか。

裁　そうだな。君は裏方に向いていた。

A　私は人間関係に悩み、苦しみました。医者からは、無理をしないこと、悩まないこと、と言われましたが、立場上、どうしようもなかったのです。

裁　それが宿命というものだ。なるようにしかならない。どんなに悪人でも、どんなにきらいな人間でも、どこか一つくらいはいいところがある。何かいいところを探し出して好きになればいい。また「自分がこうであるから、他人もこうあるべきだ」と他人に求めない。他人は他人であり、人は各人に特徴・特性があり、良いところを出し合い、足りないところを補い合い、悪いところを許し合って生きている。言いたいことは言えばいいが、結果も考える必要がある。わがままばかり言っていると、そのうち誰にも相手にされなくなる。引くときは引く。自分の間違いに気付いたときは、すぐに謝る。相手が自己の誤りに気付いて、引くに引けなくて困っていれば、逃げ道をつくってあげる。

相手が立ち直れないくらいに屈服させるのは、むしろ負け戦であることを知るべきだ。君は何も間違っていなかったよ。部下の信頼は社内で一番厚かった。有言実行と不言実行を兼ね備えていた。

A 私は多くの人に助けられました。だから、他の人を助けなければならないと考えました。直接、助けてくれた人に恩返しをするのもいいと思いますが、別の人に別の形で助けるのもいいと思います。感謝の気持ちを持ち続け、他の人から別の人に、更に別の人にとバトンが渡し続けられるのが理想です。

裁 そうだね。何でも快く引き受ける姿勢が大切だ。君はあの世で、いやなことはいやと、はっきり言えなかった。いやなことはいやと、はっきり言える根性が備わっている人は、人のいやがる仕事を押しつけられることは少ない。だからと言って得をしているわけではない。逆に、君のように、何でも引き受けてしまう人、断る勇気のない人は、頼まれたり押しつけられたりすることが多い。しかし、損をしているわけではないのだ。自分だけが利益を得てもだめだし、自分を犠牲にして他人だけが利益を得てもだめなのだ。自分を犠牲にして他人を助けるのは、見た目は立派だが、それで自分の生活が立ちゆかなくなっては、この先、他人を助ける活動ができなくなってしまう。何事も長い目で見て、長く続けられるかどうかを考える必要がある。自分も他人も共に得をすることが基本だ。

A はい。どちらかといえば、自分を犠牲にしていました。

裁 まあ、その方がいい。圧勝は凋落《ちょうらく》の始まりだ。試合でも、圧勝すると自信過剰になって、傲慢《ごうまん》さが態度に表れたり、油断が生じたりする。これが勝負の神様の怒りを買い、勝ちが逃げていく。常に相手を思いやり、敬意を払うことが大切である。

知識をひけらかして、勝ち誇っている者もいるが、見苦しい。「能ある鷹は爪を隠す」と言う。「お前はそんなことも知らないのか。俺は何でもよく知っているぞ」と言わんばかりの言い方をする者がいる。わざわざ大勢の前で大きな声で言う必要はないのに、自己顕示したいのか、相手に恥をかかせたいのか、人間性を疑いたくなる者もいる。本当に相手のためを思って言うのであれば、耳元でこっそりと教えてあげるはずだ。そうすれば相手の立場が保たれるし、相手から感謝されることになる。助けてもらっても、同時に恥をかかされては、感謝するどころか、恨んでしまうだろう。

A そうです。私は多くの人に助けられましたが、いやな上司や部下に悩まされたこともあります。それがあの世のおもしろいところでもあります。

裁 きらいな上司からいやなことを言われても、その中に勉強材料があるはずだ。二度と言われないように一生懸命に努力して成果を上げれば、言ってくれたことに感謝できるようになる。自分のために言いたくないことを言ってくれているのだと感謝すればいい。そして自分が上司になったとき、部下とどう接すればいいか考える。案外、自分もその人と同じことをしていることが多いんだよ。新米のときに先輩に怒鳴られて、こんな先輩には絶対になりたくないと思っていたのに、先輩になってみると後輩に同じことをしていたというのはよくあることだ。

A はい。それと、よく失敗をしたり問題を起こしたりする部下を持つと大変です。できればそんな部下は持ちたくないのですが、そう思っていると、そんな部下を持たされます。

裁 自分の部下が失敗を繰り返して監督責任を問われるのは「失敗する部下を持たされる」という宿命を負っているので、逃れられない。また、自分が監督責任を問われる宿命を負っているために部下が「失敗させられる」場合もある。自分の不徳の致すところであり、決して失敗した部下に当たってはいけない。「こんな部下は持ちたくない。部下を変えてくれ」と言ってもいけない。気に入らない部下を持たされたときこそ、自分を成長させるいい機会である。自分の仕事に対する取り組み姿勢に問題がある場合が多く、問題点を探し出すいい機会でもある。よく働く、成績の良い部下を持つと楽であるが、自分が楽をしたいと思っていると、優秀な部下にはなかなか巡り会えないものだ。

A　はい。そういった実感はありました。半分あきらめの境地です。向上するには、鍛えてくれる人が必要ですので、仕事で敵対する人にも感謝するよう心掛けていました。ただ「こうすれば向上できる」というのが分かっていても、自分の子供にはなかなか言えないものです。子供には自分と同じ苦労をさせたくないと思ってしまいます。

裁　そうだな。しかし、子供の成長を願うのなら、苦労はさせなければならない。つい、目の前にある物を簡単に与えてしまうが、結果は良くない。成長にはどうしても苦労が必要なんだ。今後の更なる活躍を期待するよ。天道に行って、誕生の神様からお呼びがかかるまで待っていなさい。

Aは天道で暮らしながら、来世は何をなすべきかをじっと考えていた。

三十年後、誕生神に呼ばれ、告げられた。

君が神仏界に上がるためには「男に生まれ、中くらいの環境下で育つ」か「女に生まれ、悪い環境下で育つ」道しか残っていない。次は男に生まれ、過激な思想と闘え。

B ✦ 患者を最優先に考えた医師の男

Bはお寺の次男に生まれた。お寺は兄が継ぎ、Bは医療の道に進んだ。幼少の頃から疑問に思っていたことがある。それは、風邪を引いて発熱したときに注射を打ってもらって熱が下がっても、気分がすぐれず元気が出なかったことである。高校生のとき、風邪を引いて発熱したが、医者に行く気力がなかったため、注射を打たず、薬も飲まず、布団の中でひたすら寝た。三十九度の熱を出し、汗をびっしょりかくと、翌々朝には、気分がすっきりして、体温も平熱に下がっていた。全身の大汗をバスタオルでしっかりぬぐい、着替えをして、爽やかな気分で登校した。

注射を打つよりも自力で治した方がいいのではないかと考えるようになり、それ以来、医者には行かず、ただ大汗をかくだけで風邪を治すようになった。その頃から医療に疑問を持ち始め、医科大学で医学を学んだ後、勤務医になり、四十歳で開業医になった。

「人間には、薬を飲まなくても自力で治す力が備わっている。だから、できるだけ自力で治すべきだ」という信念があった。患者に対し「薬は飲まない方がいいです」と、自力で治すことを勧めた。もちろん、薬を出せば収入が上がり、薬を出さなければ収入が下がることは百も承知である。医師会から批判を受けたが、気持ちが揺らぐことはなかった。常に患者の立場に立って、本人にとって何が最善かを真剣に考えて診療に当たった。

ある日、五十歳の患者に言った。

患者　風邪を引いて三十八度の熱があり、薬がないと不安です。薬で治るでしょうか。

B　薬を飲んで熱が下がったとき、気分がすぐれますか。

患者　全然すぐれません。体が重く感じます。

B　それは熱が下がっても体の中に菌や悪いものが残っているからです。あなたの体は、熱を出して、その熱で菌をやっつけているのですよ。それなのに、注射を打ったり薬を飲んだりして熱を下げてしまうと、菌が死にません。だから体が重たいままなんです。

人間は生活しているうちに、否応なしに、体内に菌や悪いものを取り込んでしまいます。そしてたまってしまうのです。許容量を超えると、それを体外に排出する必要が出てきます。そのとき熱が出るのです。生きている者の宿命ですから、三日ほど辛抱してください。治りますから。注射や薬は人間の治癒《ちゆ》能力を下げます。健康で長生きしたければ、その治癒能力を維持してください。

湖にも自浄能力があります。汚い水が流れ込んできても、自浄能力を発揮して水を浄化します。それと同じで、人間の体にも、悪いものが入ってくると、すぐにそれを撃退したり、一時は負けてしまっても、集団でやっつけたりする力があるのです。

患者　あと何十年も生きるのならそうしますが、あと何年生きられるか分かりません。だから、この体は、寿命が尽きるまで使えればいいのです。

B　そんなことはありません。人間は体が使えなくなると死に、その体はなくなって、あの世では使えないように思われがちですが、その体をこの世と同じ状態のまま、あの世で引き続き使うことになるのです。ですから、あの世で健康に暮らしたいのであれば、この世で自分の体を大切にし、治癒能力を維持すべきです。生活して行く上で、また仕事の目標を達成するために、肉体を酷使しなければならないこともありますが、暴飲暴食、不眠不休など、必要以上に肉体を害することをしてはいけません。

患者　あの世に行っても今の体を使うというのは、初めて聞きました。死ねば体は消滅してしまうのに、どうやって、あの世で体を使うことになるのですか。

B　この世で生活しているときは、例えば、けがをしたとき「体に傷を負った」と言いますが、実は、心にも傷を負っているのです。それは、心と体は重なり合って一体になっているからです。死ぬと、心と体は分離して、心だけが生き続けるのです。

だから、この世で暴飲暴食などして悪い生活習慣が身についていたり、内臓が痛んでいたりすると、あの世に行ったときに、心の中で痛みを感じます。すると、食べ物をおいしく頂けなかったり、動作が鈍ったり、相手の心が読みとれなかったりするのです。

患者 そのときには薬を飲みます。

B あの世には薬は一切存在しません。だから、今のうちに薬に頼らない生活に切り替えるのです。覚せい剤などの精神や肉体をむしばむ薬物はもちろん、治療薬もできれば避けたいですね。薬に頼ることは神様から与えられた治癒能力を自ら放棄することになるのです。目の表面が乾いたら、あくびをして涙でうるおしてください。鼻や喉の粘膜は、空気中の悪い成分を捕らえるフィルターの役目をしていますので、痰《たん》が絡んだら必ず吐き出してください。できるだけ、自分の体に備わっているものを使うのが理にかなっていて、体にいいのです。

年を取るにつれて体が弱くなっていくのは宿命ですから、成り行きに任せるべきです。例えば睡眠薬でも、最初は一錠で効いても、そのうち一錠では効かなくなり、二錠、三錠と増えていくことがあります。本当にその薬が有効なものであれば、そのうち薬を飲まなくても眠れるようになっていくはずです。それが逆に、段々と飲む量が増えるようになるのはおかしいとは思いませんか。悪い医者や製薬会社の術中にはまっているのです。

患者　そう言えば、生活保護を受けている私の友人は、毎日、大量の薬を飲んでいます。お医者さんが好きなだけくれるんだと言っていました。

B　生活保護を受けている人は医療費や薬代が税金でまかなわれているため、患者はいくら大量に薬を出されても、拒否しません。それをいいことに、不必要な薬を大量に出し、収入を得ている医者もいるんです。

医療に携わるうち「病気を治すことも大切だが、病気にならないことの方が大切だ」との考えから、診療の際、病気にならない丈夫な体をつくることに力を入れた。そして、最近定年退職したばかりの男性Qからの質問にも丁寧に答えた。

男性Q　健康診断を受けると、いつも良くない結果が出ます。

B　健康を維持するのに特に大切なのは、食事と運動と睡眠です。インスタント食品や、保存料、化学調味料を多く使った食べ物は控えましょう。肉よりも、素材のいい旬の野菜中心の食事をしましょう。運動は散歩がおすすめです。私も歩いていて気持ちのいい道を探して散歩コースにしています。玄関先に咲いているきれいな花を見ると癒《いや》されます。「この家の方はきっとすてきな人だろうな」と思ってしまいます。あなたも玄関先に花を咲かせてみてはいかがですか。楽しいですよ。道行く人が立ち止まって花を見てくれると、嬉しくなります。

Q そうですね。道行く人たちが自分の家の花を見て立ち止まったら、気持ちいいでしょうね。散歩する人の役に立っているわけですからね。

B 人を喜ばせて自分も喜ぶことは健康にいいんですよ。どんな花を咲かせたら人が喜ぶかを考え、自分も散歩しながら、他の家の花を参考にする。そして、できるだけ多くのコースを見つけ、町並みを見て楽しみながら散歩すると長続きしますよ。ただし、朝の散歩はやめてください。特に心臓には大きな負担がかかります。筋肉もまだ目覚めていませんから。午後なら大丈夫です。もし、減量を兼ねるのなら、夕食は少なめにしてください。夕食後に散歩して、その後は水分補給以外、何も食べないようにすると、徐々にやせます。急にやせようとせず、一年間で五キロくらいを目標にしてください。

Q 甘いものが好きで、甘いものをよく食べるのですが、食べると太るのです。食べると太る人と太らない人がいるのはどういう訳でしょうか。

B 「太る体質」とよく言われますが、これは前世で暴飲暴食をしたり、糖分や脂分を摂り過ぎたりしたからです。前世の悪い習慣や因縁は、あの世で改めない限り、この世に持ち越されます。この世に生まれて来るときに「太る体質」で生まれるので、「好きだから食べたいが、食べれば太る、健康を害する」という悪循環になるのです。この世で辛抱するもしないも人間の自由ですが、辛抱すれば今世の終わりにはその因縁は消えます。辛抱しなければ、不健康の因縁が来世に持ち越されるのです。

Q　それはきついですね。そんな因縁は、この世で断ち切りたいです。それでは、好きなものを好きなだけ食べている健康長寿者がいますが、私は大好きな肉を食べてはだめですか。

B　人それぞれ、過去世が違い、持っている因縁も体質も違います。肉をたくさん食べて大丈夫な人とそうでない人がいますから、簡単に真似《まね》をしないでください。あなたは、脂分や糖分を体に溜め込む体質ですから、少な目にしてください。

Q　野菜にかけるドレッシングはどんなのがいいですか。

B　脂分や塩分の少ないのがいいです。私は自分で作っています。酢を使うのがおすすめです。たまねぎ、ごぼう、ピーナッツを細かく砕き、きな粉を入れて、油を使わずに炒めます。冷めてから瓶に詰めて、いりごまと酢を入れれば完成です。これなら脂分も塩分も糖分もありません。最初は酢の臭いが気になりますが、すぐに慣れます。

野菜は信用できる農家のものを買ってください。悪質な農家は、農薬は体に悪いことが分かっているから、自分の食べる米や野菜には農薬を使わず、売りに出す米や野菜には大量の農薬を使います。ですから、できるだけ農薬を使っていない野菜を買い、自家製のドレッシングをかければ、おいしく頂けますよ。

Q わかりました。それから、どうしても、お酒がやめられません。何かいい方法はないですか。

B 無理にやめる必要はありません。少しずつ、飲む量を減らしていけばいいのです。

Q それが、少しだけと思って飲み始めると、ついつい、酔うまで飲んでしまうのです。

B あなたはお酒の他に、たばこ、炭酸飲料、ギャンブルなども好きでしょう。これらに共通しているのは「刺激」です。刺激は体に良くないので、お酒以外のものも全て減らしましょう。普段から刺激を求めてお酒を飲んだりたばこを吸ったり、ギャンブルをしていると、ちょっとしたことで腹が立って、けんかをしてしまいます。

Q 確かにそうですね。思い当たる節があります。刺激からは遠ざかるようにします。

B ギャンブルも控えめにしましょう。宝くじやギャンブルなどでお金を儲けたりすると、そのお金には負けた人の恨みがこもっているので、悪い因縁をもらいます。自分の運をかなり使ってしまうので、運も悪くなります。人間は、汗水たらして働くべきなのに、楽をしてお金儲けすることを覚えてしまうと、あの世に行ったときに、汗水たらして働くことがいやになってしまいます。もっと健全な趣味を持ちましょう。

私は早寝早起きをしています。せっかく太陽が出て明るくなっているのに、寝ているのはもったいないです。趣味を持っていると、目が覚めるとすぐに起きたくなりますよ。睡眠は、一日七時間前後にしてください。寝過ぎはいけません。寝過ぎが習慣になると、寝る体質になってしまい、すぐに寝たくなってしまうのです。

Q　夜、寝付けなかったり、トイレに起きたりして、困っています。

B　無理に寝る必要はありません。眠くなったら寝たらいいのです。夜に寝られなかったら、昼に眠たくなるでしょう。そのときに、一時間でも二時間でも寝たらいいのです。一度に連続七時間寝ても、三時間半ずつに分けて寝ても同じです。

トイレに起きるというのは、水分補給をしなさいということです。それと、途中でトイレに起きて、その後は寝付けないのであれば、無理に寝ようとせず、起きればいいのです。寝付けないというのは、寝る必要がないからです。寝る必要があれば寝付けますから。

Q　もう一つ、気になることがあります。この先、健康で生きられるのか、それとも病気で苦しむのか……。

B　そんなことを気にしている時点で既に苦しんでいるのですよ。体に良くありません。私は「この世で役に立つことをして、あの世に行っても役に立つことをしたい」と思っています。死んだら終わりではありません。この世で立派に生きれば、あの世でもっといい人生が待っています。あの世ではご先祖様が活躍していて、それでも飢えに苦しんでいる人がいると聞きます。だから私は、お仏壇にお供え物をして、仏様と先祖に届くようにと毎日お祈りしているのです。ご主人もやってみたらどうですか。

Q　今さら、という感じですが、とても大事なことだと思いますので、妻に言って、一緒にやってみます。

B　ぜひ、やってください。

といったように、金儲けを度外視して、町医者として懸命に医療と健康増進に当たった。健康な町づくりに貢献し、八十歳で往生した。

✦

みんなの広場の中央にある泉に行くと、Bが診察した患者が大勢で出迎えてくれた。肉体はなくなり、心だけになっているが、肉体があるように見え、健康そうに見える。それは、あの世で使っていた肉体が健康だったからであり、また、心が清純だからでもある。出迎えた人たちもみんな健康であり、Bにお礼を言っていた。長老たちも微笑んでいた。

その横では、現在行われている裁判の様子が大画面に映し出されていた。よく見ると、裁判を受けているのは、Bが十年前にあの世で診察した男性Qである。昨日亡くなって、裁判を受けている。Bは心配そうに、裁判の様子を見守った。

男性Q　私は体が弱く、人生の半分以上を病院で暮らしました。自分を高めたり社会貢献したりしたかったのですが、病院暮らしが長すぎて思うようになりませんでした。病気さえなければもっといい人生になっていたのに、本当に悔しいです。

裁判神　前世で体を大切にしなかった者は、病気になる宿命を負ってあの世に生まれる。そして、ある一定期間どんな病気になるかは、あらかじめ決められている。従って、病気になれば、自然に治るまで辛抱するしかない。手術をしたり薬を飲んだりして治ったとしても、別の病気になるか、この世に持ち越すかだけであり、完全に免れることはできないのだ。それは罪を犯して逃げ延びても、この世に来てから刑罰を受けるのと同様である。善徳を積むだけでは、なかなか罪業は償えないので、病気で苦しむことによっても、過去の罪業の幾分かは償えるようになっているのだ。

Q　私は最後に看てもらったお医者さんから、薬は飲まないように言われ、その他にも色々と教えてもらいました。最初からその先生に看てもらった方が良かったですね。

裁　今さら言っても仕方がないが、そういうことだな。最後であっても、その医者に看てもらったことは、君にとって非常に大きな財産になっている。

Q　はい。その先生に会ったら、お礼を言いたいです。

Ｂはその様子を見て、安心した。翌朝、謙虚な姿勢で裁判に臨んだ。

裁判神　君は損得勘定をせずに、患者のことを第一に考えて行動した。実に立派だ。

Ｂ　ありがとうございます。自分のやってきたことが評価されて、ほっとしました。

裁　そうか。君は定年退職した患者Ｑに先祖供養を勧めたであろう。その患者がこの世に来たとき、供養を受けていた先祖から感謝されていたよ。

Ｂ　ああ、そうですか。それはよかったです。私はお寺に生まれましたので、先祖供養をしていましたが、Ｑさんだけでなく、他の患者さんにも、もっと積極的に先祖供養を勧めるべきでした。あの世に大切なことをやり残してしまいました。

裁　人間には、あの世にやり残すことが山ほどある。やり残したことは、次の世でやればいい。合格だ。

Ｂは天道に行き、立派な住居を与えられた。そこを拠点に、修羅道などに出向いて病人を訪ね、健康増進を推し進めた。二十年後、誕生神に呼ばれ、次のように言われた。

君の過去世を調べてみると、生まれ育ちの六つの環境のうちで合格しているのは、古い順に、
〇　悪い環境に生まれ育った女。

〇　良い環境に生まれ育った男。

〇　悪い環境に生まれ育った男。

〇　中くらいの環境に生まれ育った女。

そして今回の、
〇　中くらいの環境に生まれ育った男。

の五つである。

神仏界に上がるために残っているのは、
〇　女に生まれ、良い環境に育ち、合格すること。

である。

残りはこの一つだけで、これに合格すれば、神仏界に行くことができる。次回が最終試験とも言える。女に生まれ、良い環境下で育ちなさい。期待しているぞ。

C✦親や夫に対する態度が良くなかった女

Cは二人姉妹の妹として中流家庭に生まれた。父はやさしかったが、母は、姉にはやさしく、Cには厳しかった。ある日、母に言った。

C どうしてお母さんは、お姉ちゃんにはやさしくて、私には厳しいの？

母 あなたが憎くて厳しくしているわけではないわ。お姉ちゃんは私にとてもやさしくしてくれる。私がやろうとしていることを分かってくれていて、頼まなくてもやってくれる。それに比べてあなたは自分中心の物の考え方で、何も分かってくれないし、してくれない。私にだけならいいけど、誰にでもそんな態度じゃ、きらわれるだけよ。

C 私はお母さんのお腹に入ったとき、お母さんのいいところは全部お姉ちゃんが持って行った後で、もう何も残っていなかったわ。だからお姉ちゃんはよく機転が利いて実行力もある。それに比べ、私は何も気付かない、大馬鹿者。お姉ちゃんがうらやましい。少しでもいいから、お母さんのいいところを残しておいてほしかった。

母　そうかもしれない。でも、努力が何よりも大切だよ。あなたは会社で全く雑用をしないと言うじゃない。それがいけないのよ。

C　どうしてなの？

母　会社で雑用を進んでする人をよく観察してごらんなさい。その人は雑用をするとき、どうしたら上司、先輩に喜ばれるだろうかと一生懸命に考えている。それが大切なのよ。

C　ええっ。それって、単なる、ごますりじゃないの。

母　違うのよ。叱られても、叱られても一生懸命に考え、相手の喜ぶことをする。それによって、相手の喜ぶこと、いやがることが何かを発見する力になるのよ。それがひいては、どうすればお客さんを喜ばせることができるか、悲しませずに済ませられるかを考える力になる。雑用が完璧にできて初めて半人前。それもできないくせにお客さんを獲得しようなんて、十年早いのよ。

お姉ちゃんが会社で成績を伸ばせたり、お父さんにかわいがられたりするのは、自然の成り行きだと思う。厳しい言い方だけどね。今からでも遅くないわ。頑張りなさいよ。

母の言うとおり、一時は雑用に励んだ。しかし、その意義が分からず、雑用をやめてしまった。その後、会社での人間関係がいやになってきたときに、三歳年上の男性会社員と交際するようになり、男性の薦めもあって、会社を辞めた。その後も交際を続けていると、母から交際相手を自宅に招くよう言われて男性を自宅に招き、両親に紹介した。その翌日、両親から、男性との交際をやめるよう言われた。

母 あの男の人には、あまりいい印象を受けなかった。だから、交際はやめたほうがいい。
C どうして？　どこが悪いの？　相変わらず、私にいやがらせするのね。馬鹿馬鹿しい。
父 俺もやめた方がいいと思う。男の俺には、男の良し悪しは、女のお前よりもよく分かる。
C 何よ、それ。お父さんはいつも訳の分からないことを言う。付き合いきれないわ。
父 はっきり言って、気が短く、暴力的だな。それが顔やちょっとした態度に出ている。
C 馬鹿ね。そんなの、偏見よ。
母 そうかしら。私にも、血の気が多そうに思えるわ。町中で男性とすれ違ったとき、安心感を与える男性と、恐怖感を与える男性がいる。パッと見た瞬間に感じる。あなたは町中で何も感じないのかしら。
C それは、感じるわ。でも、あの人は違う。いつもやさしくしてくれる。見た目で判断しないでほしい。
父 男というものは、交際中は女の前ではやさしくするものだ。女のお前だって、あの人の前ではあまり本性を見せないようにしているのではないのか。そうだろう。それと一緒だ。
それがある日、豹変《ひょうへん》する。礼儀もあまりわきまえていないし、話し方も調子が良すぎる。
別れた方がいい。

C 私はもう大人なんだから、自分で判断するわ。

親の反対を押し切って男性と交際を続け、二十五歳で結婚した。その後、主婦として夫を陰で支え、二児の母となった。長女が高校生、長男が中学生の頃までは夫の仕事は順風満帆であり、家庭円満だった。しかし、その後は不況の影響で夫の収入が減り、夫に対する態度が横柄になっていった。それに呼応して次第に夫の態度が冷たくなり、暴力的発言が増してきたことを感じていた。

夫は心の中で「俺は会社で上司に叱られ、客からは無理難題を押しつけられる。客からありもしないことをでっち上げて会社に苦情を言って来られ、それを真に受けた上司が俺を怒鳴りつける。給料は減らされ、それを妻になじられる。それに比べ、妻は働かない。やっていられないよ」と叫んでいたのだ。

長年一緒に暮らすうちに、お互いの欠点が見えてきて、不満が爆発した。口げんかが多くなり、ついに夫はCを殴るようになった。子供にも手を上げるようになり、離婚を考えるようになった。そのとき、夫の不審な行動に気付き、後を付けるようになり、夫の不倫を突き止めた。女性宅に怒鳴り込み、非難の限りを言い尽くすと、言い返された。「あんたのご主人、あんたのこと、ボロカスに言っていたよ。家事はろくにしないし、親に対する態度も悪い。子供の教育は全然だめ。最低だって」と。

Cは離婚して、二人の子供の親権を勝ち取った。その後は、頻繁に子供を連れて実家に帰るようになっていたが、実家に帰ったとき、子供の前で時々、軽い認知症を患っている父に対し馬鹿にするような発言をしたり、母に反抗的態度を取ったりした。

この頃から、子供たちが次第にCの言うことを聞かなくなってきていることを感じていた。Cに対する馬鹿にした発言や反抗的態度も目立ってきた。何が原因で、どうすればいいか両親に相談したかったが、何だか恥ずかしくて相談できない。父に対しては馬鹿にした態度で接していたし、母にも反抗的態度を取っていたからで、最近になってひどくなっていた。

その後、子供は二人とも結婚し、それぞれが子供を授かった。Cに孫ができたのである。二人の子供は、孫を連れて度々訪ねてくれたが、子供も同じように、Cに対する馬鹿にした発言や反抗的態度を、孫の前でも時折する。それをやめるように言ったが、子供が聞き入れることはなかった。その原因について色々考えたが、気が付かないまま、心労が祟って、六十歳で他界した。

一方、元夫は不倫相手を妊娠させた上、半ば脅迫気味に説得して、人工妊娠中絶させた。胎児はこれにより体に大きな傷を負い、この世に生まれることはできなかった。

Cがみんなの広場に行くと、祖母が迎えに来てくれており、広場の中央にある泉に連れて行ってくれた。そこには長老の他にも多くの人がいたが、ほとんどが女性であった。彼女たちは愚痴を黙って聞いてくれたが、祖母は厳しかった。

C　私は子供の頃から、お姉ちゃんと比べてあまり親に可愛がられなかった。それは私にも責任があり、仕方がない面もあると思う。でも、主人の暴力は許せない。それに、不倫していた。最低だよ、あの男は。そして、相手の女も。

祖母　結婚して暴力を受けてから後悔しても遅いのよ。暴力を振るう相手が悪いと言うけれど、それではなぜそんな人を結婚相手に選んだのか。それを見抜けなかったあなたも悪いのよ。「結婚する前はやさしかった、一度も暴力を振るわれたことはなかった」と言うけれど、結婚するまでは、自分の悪いところを隠すのはほとんど誰も同じ。恋愛中は相手のことが見えなくなり、相手の暴力性や欠点に気付かない。たとえ気付いたとしても、そんなはずはないと根拠もなく打ち消してしまう。それが恋愛だと言ってしまえばそれまでだけどね。

C　うん。お父さんもお母さんも結婚に反対していた。でも、好きになってしまえば、相手の悪いところが見えず、いいところばかりが見えてしまう。

祖母　そうだけどね。でも、いやらしいかもしれないけど、相手の行動を、距離をおいて見ていれば、本性を現すところを見ることができたかもしれない。あなたの目の前では決して現さない本性を。

C　そうね。勇気がいるけどね。やさしくしてくれている人を疑いの目で見るのは。相手の悪いところは見たくない。でも、結果的にはそうすべきだったとも思う。

祖母　それとね、子供の前でお父さんを馬鹿にした態度を取っていたね。あれはいけなかったわ。だって、それを見ていた子供は、親を馬鹿にしてもいいと思うもの。それが後になって、あなた自身に降りかかってきたのよ。お母さんに反抗したことも全て。

C　その先のことなんて、全然考えていなかった。ただ感情だけが先に出てしまって。

祖母　人間って、そういうものよ。でも、直していかないといけないの。親は親、子は子。家の中でも礼儀は大切よ。お母さんに反抗的態度を取っていたことで、相談したくても相談できなかった。そうでしょう。一番相談相手として頼りになるはずのお母さんを「今さら謝れない」とか「偉そうに言った手前、恥ずかしくて打ち明けられない」といった変なプライドが邪魔をして、頼ることができなかった。

C　もっと、お母さんの言うことを素直に聞いていれば良かったんだけど、何しろ、子供の頃からお姉ちゃんと比較されて、自分はだめという烙印を押されていたような気がしていた。だから、何を言われても、「あんたはだめ」と言いながら言われているような気がして、素直に聞けなかった。

祖母　旦那《だんな》の不倫については、許せないね。でも、あんたにも責任あるよね。

C　責任はある。収入が下がったときからずっと、主人を馬鹿にしてきた。だから私に愛想を尽かし、別の女に走った。そうよね。

祖母　分かっているのなら、いいわ。

翌朝、Ｃは裁判を受け、裁判神から言われた。

裁判神　君はあの世で女として生まれ育ち、結婚して子育てをした。子供を育てたものの、言うことを聞かせることができなかった。原因はどこにあるか、分かっているはずだ。親に対する態度が悪かったからで、それを子供が真似をしたんだ。君の子供も、その子供が大きくなれば、子供から君と同じ目にあわされることになるだろう。

C　孫の代まで影響するのですか。

裁　そうだ。子供は親のやっていることをよく見ていて、真似をするんだ。子供に悪いことを教えてしまったんだよ。また、妻として夫を立てることをしなかった。一家を支えている夫を妻は立てなければならない。今はまだ、そういう時代だ。世界的には、徐々にではあるが、女性差別が撤廃されつつある。完全撤廃されるまでにはまだまだ時間がかかる。これには神は手を出さない。

C　どうしてですか。神様はこの問題を解決してくださらないのですか。

裁　あえて、しない。あくまでも、人間が、特に男性が自主的に戒めて、女性の立場を尊重する心を育まなければ意味がない。神が手を貸したのでは一時的なものになってしまい、永遠のものにならないからだ。今はまだ男尊女卑の世の中で、男女が平等でないように思うかもしれないが、人間は男に生まれたり女に生まれたりして、それぞれの立場から自己の向上に努めることになっている。

男には男の役割、楽しみ、苦しみがあり、女にも役割、楽しみ、苦しみがある。どちらが得でどちらが損かは人それぞれの考え方次第だが、女としての気位ばかりを考え、自己を磨こうとしなければ、いつまでたっても女に生まれさせられ、ついには生まれることさえ許されないようになる。次も女に生まれることになると思うが、よく反省しておくように。

それと、離婚してしまえば解決するというのは誤りである。人間には「配偶者に尽くす」という大きな修行が課せられており、離婚してこれを自ら放棄するのは、結婚できない因縁を作ることになる。来世では、結婚が許されないかもしれない。この世にいる間に罪滅ぼしをしておくのだ。畜生道に行きなさい。

Cの判決の二年後、元夫も死んでこの世にやってきた。そして裁判を受け、裁判神から言われた。

裁判神　結婚するということは、死ぬまで相手と添い遂げる約束をすることである。よって、不倫はその約束を破ることで、妻に対する裏切り行為である。どんな困難も二人で協力して乗り越えなければならない。少し会社の上司や客から言われたからといって、妻に当たってはいけない。また、妻に不満があっても、暴力を振るってはいけない。

男でも自分の内面に備わっている女性性を大切にし、女性を対等の人間として接するんだ。そうすると、命や育成の象徴である母性や女性性をとても豊かに自分の心に育むことができる。立場や意見の異なる人々と協調し、共生して行くことができるんだよ。

夫 私は働いており、妻は夫に尽くすのが当然との認識を持っていました。今、教えられて初めて知りました。

裁 男として、働く者として、誇りを持つことは非常に大切なことだ。しかし、それを態度に出してはならない。妻は収入がなくても、家庭を切り盛りし、大きな役割を果たしている。君が仕事に集中できたのは妻のお陰である。感謝しなければならない。

話は変わるが、君は不倫相手の女性が妊娠したのを知って、人工妊娠中絶させた。中絶によって失われた命、亡くなった胎児は今、どんな暮らしをしているか知っているか。

夫 えっ、胎児ですか。その胎児が今、どんな暮らしをしているかって？　もう、死んじゃったのですよ。

裁 確かに死んだ。死んでこの世に来た。この世に来ればこの世の暮らしが待っている。

胎児は母親のお腹の中で八つ裂きにされ、死んだ。八つ裂きにされた体のままで、この世に戻ってきた。あの世に生まれたかったのに、君たちの身勝手によって殺されたのだ。悔しかっただろうに。当然、大変な痛みに苦しんだ。今でも苦しんでいる。分かるか。

夫 はい、何となくですが。でも、胎児は生まれてきても、まともに育ててもらえる見込みがなく、不幸な人生を歩むだけだと思って、中絶したのです。

裁　君は身勝手すぎる。胎児は君たちに育てられたくて母親のお腹の中に行ったのだ。八つ裂きにされたくてお腹の中に行く者など、いない！

夫　申し訳ありません……その胎児は今、どこにいるのですか。

裁　実は、その胎児も前世で中絶をさせていた。自分の子供を闇に葬っていたのだ。この世に戻ってきたときにそのことを思い出させると、「因果応報ですね。自分の悪業を恨みます。両親は恨みません」と泣きながら言っていた。今は地獄道に戻っている。痛みに耐えながら、再生の日を待っているのだよ。

夫　全ては私の責任ですね。私も将来、同じ報いを受けるのですね。覚悟しておきます。

裁　君は男として絶対にやってはいけないことをしたのであるから、同じ報いを受けるであろう。辛抱するしかないぞ。地獄道に行け。

話はCに戻る。畜生道行きの判決を受けて畜生道に行くと、同じ町の人たちから馬鹿にしたような態度を取られた。自分の過去について、多くの人から責められもした。そのとき、言い返しそうになったが、裁判神に言われたことを思い出し、必死に耐えた。二十年間、苦しみに耐え、修羅道に上がった。

修羅道でも二十年間、同じような責めに耐えた。先輩から順序礼節について厳しく教えられ、礼儀作法を身につけた。人道に上がり、更に人格の向上に努めていると、誕生神に呼ばれた。「しっかり反省したようだな。次も女に生まれ、今度は良い環境に育つ。しっかり社会に貢献しなさい」と言われ、生まれ変わった。

第10章

A ✦ 自爆テロを身を挺して止めようとした男

時代はついに二十一世紀に入った。

Aは中流家庭の男に生まれた。国は貧困で、内戦が絶えなかった。幼少の頃から一生懸命に勉学に励んで政治学者になり、大学の教壇に立った。この世の性差別や人種差別など、あらゆる差別の撤廃を訴え、学生の間でも人気があった。

教授になって三年目、自分の教え子で、十年以上前から議論をしているRが、過激派組織の幹部になっていることが分かった。数日後、Rと会い、激論を交わした。

A 他人の考えを尊重せず、暴力に訴えるやり方は絶対にいけない。強く反対する。特に、他の宗教を排斥して自己の思想を押しつけ、人の命を何とも思わない思想があることに強い憤りを感じる。

R 他の宗教は全て邪教で、その者たちを多数殺せばそれがこの世の功績になり、天道に行けるのです。

A　何を言っているんだ。暴力からは何も生まれない。まして、人を殺して天道に行けるなんてあり得ない。

R　僕はどうしても、矛盾に満ちたこの国を変えたいのです。先生は何も分かっていないのです。

A　君がこの世を自分が思う世の中に変えようとしても、神は動いてくれない。君が信じている唯一絶対の神、天地創造の神は、宇宙を動かしているだけで、それ以外は何もしない。唯一絶対の神は、配下の神に全てを任せ、自身は何もしないいんだ。

R　そんなことはないです。神は一つであり、その配下に神は存在しません。唯一絶対の神は必ず私の気持ちに応えてくださいます。

A　もしそうなら、どの国もみんな、平和になるはずだ。戦争なんか、起こるはずがない。第一次世界大戦のときも、第二次世界大戦のときも、唯一絶対の神は、何もしなかった。唯一絶対の神は、善でもなければ悪でもないから、どちらを応援することもなく、原爆投下を阻止することもなかった。

唯一絶対の神は人の不幸をなくしてくれない。何もしてくれない。戦争を止めてくれることもない。この世のことは全て、配下の神やこの世の生き物に任せているのだ。だから、国や組織の頂点に立つ者の責任は重大なんだよ。君も、組織の幹部なら、責任ある行動を取らなければならない。

R　そんな話にだまされない。神は絶対に善で、善のためなら何でもしてくださいます。

A　もしそうであれば、この国を我が物顔で勝手気ままに支配している者たちを裁き、いい国にしてくれるはずだ。しかし、現実はどうか。よく見るのだ。神は何もしてくれない。人間の自主性が失われ、神に頼るようになってしまうからだよ。この世の行いはこの世では裁かれず、あの世で一括して裁かれるようになっているんだ。

R　それでは遅いから、世界を混乱に導く邪教を撲滅するよう、私に命じられたのです。

その後も、Ｒを必死に説いたが、聞き入れられることはなかった。

Ａはある日、Ｒが自爆テロをしようとしているのを発見した。

R　この世で邪教の信者を大量に殺せば、天道に行ける。神様からのご褒美として、天道で好きなだけ酒を飲み、女性と遊べる。邪教勢力はこの世の悪魔だ。大量に殺すのは正当だ。

A　やめなさい！　自爆テロをして多くの人を殺せば天道に行けると言うが、それは嘘だ。他人を犠牲にして神様が喜ばれるわけはなく、天道に行けるはずがない。もし本当にそんなことをして天道に行けるのであれば、そう言っている最高指導者がすでにそれを実行しているはずだ。君は最高指導者にいいように使われているだけだ！

R 僕はテロを決意しており、後戻りはしません。本当に嬉しい気分になっています。天道の素晴らしい光景が目の前に広がっているのです。早く行きたい。

Rは爆弾を抱えて車に乗り込み、千人以上が礼拝している世界遺産の教会に突っ込もうとした。Aは「何が何でも阻止しなければならない」という強い思いで、命の危険も顧みず、Rに飛びかかって阻止しようとした。しかし、あと一歩のところで及ばず、Rと一緒に車もろとも教会に突っ込んでしまった。

Aはもう自分の命はどうなってもかまわないと思っていた。心と体が分離し、しばらく意識を失ったが、みんなの広場に到着したときには、意識を取り戻していた。

一方Rは、教会に突っ込んだ瞬間、赤や黄色、青や緑と、色とりどりの美しい景色が眼前に広がった。そして「やったぁ～」と思った瞬間、真っ暗になった。体がちりぢりに砕けて意識もなくなった。

どれくらいの時間が過ぎたのだろうか、Rは徐々に意識を取り戻した。そして約束の地を目指した。それは最高指導者から教わった天道である。「これから天道に行き、神様からお褒《ほ》めの言葉を頂いて……」。

天道はまだかまだかと待ち続けたが、一向に見えてこない。自分の体が全くなく、意識だけがあることに気付く。今までは、自分の手や足を見たり触ったりして認識することができたのに、見ることも触ることもできないばかりか、見る目もなく、触る手もない。自分がどういう状態にあるのかが全く理解できず、言いしれぬ恐怖感に襲われた。

失ったはずの体に、少しずつ痛みを感じるようになるとともに、自分の心の状態だけが何となく認識できるようになった。何とも悲しい表情を浮かべており、醜い姿である。

更に時間が経過し「天道はどこだ」と思った瞬間、目の前が明るくなり、あの世に到着した。そこは、みんなの広場で、Aとほぼ同時に到着した。

✦

みんなの広場では、多くの人がAとRを見つめており、長老も何人かいた。みんな無言である。RはAに話しかけた。

R ここが天道という所ですか。私はあの世で最高指導者の教えを忠実に守り、自分の命を犠牲にしてまで宿敵を倒しました。英雄に祭り上げていただこうとまでは思いませんが、天道での生活が楽しみです。私は幼い頃から貧しい国で育ち、内戦状態の中を生き抜いてきました。皆が平和に暮らせる世の中を夢見て生きてきたのです。私の信じる宗教の教えは立派なものですが、私が攻撃した宗教は、世界を混乱に導くとんでもない宗教です。だから私は自分の命を神に捧げたのです。ここは天道のはずです。ただ、私は体じゅうが痛くてたまりません。どうかお助けください。

A　ここが天道であるわけがない。誰も助けてくれないよ。見れば分かるだろ。

AとRは長老から、翌朝の裁判に出廷するようにだけ言われた。そして翌朝、二人とも裁判に臨んだ。先にRの裁判が始まり、Aは傍聴席で裁判を見守った。

裁判神　「よくやった」と言って欲しいのだろうが、それはできない。人を殺しておいて天道に行くなど、考え違いにも程がある。敵対勢力の考えが間違っていると思うのであれば、自分の考えを述べて改善を求めるべきで、殺すなどありえない。

傍聴席にいる彼らを見ろ。分かるだろ。お前が殺した人たちだ。お前も痛いだろうが、彼らも痛みに苦しんでいる。お前は人を殺して満足だろうが、殺された人たちは、心の中で怨念《おんねん》が渦巻いている。しっかり反省して、罪の償いをせよ。

R　私が間違っていたのかもしれません。もう一度あの世でやり直させてください。

裁　間違っていたのかもしれないのではなく、完全に間違っていたのだ。

邪魔だと思う人を殺すとどうなるか、教えてあげよう。この世に来ると、心だけになり、祈る力が何倍も強くなる。あの世への影響力も強くなるのだ。この世に来た人たちの力が結集して、あの世に強い念力を送るからだ。だから、お前が邪教と言っている宗教は、一時的に勢力が衰えても、ますます勢力が増すであろう。

それと、この世に一歩でも足を踏み入れると、もうあの世に戻ることはできない。

R　では、これから先、私はどれくらいの苦しみを受けなければならないのですか。

裁　う～ん。お前は何人の人を苦しめたかな。

R　わかりません。少なくとも百人の人を殺し、五百人の人の体を爆弾で傷つけました。

裁　そうだな。百人以上の人がその意に反して殺され、この世に来ることを余儀なくされた。あの世での幸せは全て吹っ飛び、悲しみや憎しみだけが残っている。その気持ちが癒えるまでどれくらいの年月がかかるだろうか。

それだけではない。殺される際に受けた傷を治さなければならない。それにはじっと痛みに耐えるしかない。お前を憎んでいる人たちは、それによって更に心が重くなり、階位が下がる。そしてまた憎む。負の連鎖だ。憎しみをじっとこらえ、治療に専念している人は早く治るが、憎しみを持ち続けている人は治るのが遅くなる。

R　私は傷ついた人に謝罪をすればいいのでしょうか。

裁　そんな生やさしいものではない。お前はまず、地獄道に行って極寒と灼熱の苦しみを味わう。その苦しみが終わるのは、早くても五十年先である。その後は、憎悪の世界に行き、殺された人から仕返しをされるだろう。何度も殴られ、殺されてはすぐに生き返る。これを繰り返すのだ。

その苦しみからやっとのことで逃れると、幸せな生活がやってくる。その幸せはもちろん幻想だ。テロリストがやってきて家族を奪い去る。「どうして我々の幸せを奪い取るのか」と思うであろうが、それがお前のやってきたことだ。家族の遺体も目にするだろう。殺されては生き返り、幸せな生活になったかと思えば、またテロリストたちに幸せを奪われるのだ。

R　そんな生活は、いつ終わるのでしょうか。

裁　早くても、お前の犠牲になった人たちの心と体の傷が全て治ったときだ。お前に仕返しをしようと暴力を振るった人たちは、その罪によって心が重くなり、階位が下がる。逆に仕返しをされたお前は、苦しみを受けることでわずかながらでも罪が消えてゆく。これがこの世の決まりだ。

R　そしたら、怖くても仕返しを受けた方がいいということですか。
裁　まあ、そうだな。お前のことだけを考えればな。しかし、仕返しをした人はその分、心が重くなって階位が下がるから、治るのにかなりの年月が必要になってしまう。そしてそれらの人の全ての傷が治るのに要した年月を、お前は苦しみ続けなければならないのだ。
R　え〜ぇ。気の遠くなるような時間ですね。とても耐え切れません。
裁　それだけではないぞ。あの世で傷を負った人は今もあの世で苦しんでいる。爆弾で手足を失った人はまともな生活ができない。当然、病院で治療を受けたり、他の人が介護をしたりしなければならない。治療に当たる医師も介護をする人も必要となるわけだ。介護をする人は介護のために自分のやりたいことができなくなる。

一人の人を傷つけると、どれだけの人の手が必要となるか。また、治る人もいれば治らない人もいる。体の傷だけではない。心の傷もある。幸せを奪われた無念さ、家族を奪われた心の傷。一生涯、癒えることはないだろう。

いずれその人たちも死んだらこの世に来る。この世で心の傷と体の傷を治さなければならない。それもかなりの年月を要するであろう。それら全ての人々の苦しみをお前がここで背負わなければならないということだ。まだある。
R　え〜、まだあるのですか。

裁　そうだ。お前はあの世で人々が大切にしている世界遺産を破壊した。昔の人が苦労して、精魂込めて造ったものを、お前は一瞬にして破壊したのだ。造るのは大変だが壊すのは簡単だ。同じように、人の心や体を傷つけるのは簡単だが、治すのは大変だ。それに、最後にだ。

R　最後に……。

裁　最後に、お前は組織の幹部として、同じ思想を持つ者を多数育成した。その者たちがお前と同じようなことをして人を殺したり、悪い思想を広めたりすると、それもお前の責任になるのだ。だから、先ほど言ったことだけでは済まされない。悪い思想を広めた責任は限りなく重いのだ。

Rは「こんなはずじゃなかった！」ともがき苦しんだが、痛みは増すばかりである。殺された百人を越える人たちから非難を浴びせられた。裁判神の言ったとおり、犠牲者の心の痛みと体の痛みが全て癒えるまで、苦しみは続くことになる。

Rの裁判が終わると、Aの裁判が始まった。

裁判神　君は自分の命も顧みず、テロ行為を阻止しようとした。それは立派だが、失敗に終わった。成功していれば良かったが、結果が悪く、残念だ。

A　申し訳ございません。私の教え子がこんな大変なことをしてしまって。私が責任を持って、Rの今後の教育に当たります。どうか、Rに会わせてください。

裁　もう、会わせることはできない。Rの教育は、地獄道を監督する神様の下で、担当者がやることになっている。まず聞くが、君の彼に対する姿勢のどこに問題があったのだろうか。

A　はい。私は彼の考えを真っ向から否定するだけで、聴く耳を持ちませんでした。彼の話をもっと聞いてあげれば良かったと思います。

裁　そうだな。彼の生い立ち、現在の思想を持つに至った経緯などをじっくり聞いてあげればよかった。彼が自分を尊重してくれていると思えば、心を開いたかもしれない。対話の時間をもっと多く持つべきであった。

A　私は彼が心を開いてくれるまで待てませんでした。彼の考えを否定し、早く変えさせることばかりを考え、彼の気持ちに寄り添うことに考えが及びませんでした。

裁　残念なのは、君がこの世とあの世との関係にもっと強い関心を持ち、もっと掘り下げて教えてくれていれば、学生の心にもっと浸透していたに違いない。死んだ後のことまで、繰り返し、繰り返し、教えなければならなかった。それがないと、過激な思想に惑わされてしまう。

君は悪い思想と闘ったが、教え子が重大な結果をもたらした。使命を果たしたとは言えないので、不合格だ。気の毒だが、一年間は修羅道で修業してもらう。Rの犠牲になった人に会ったら、慰めてあげなさい。何を言われても、辛抱するのだぞ。

B ✦ 終末期医療に人生を捧げた女

Bは大学病院の医師の長女に生まれ、大学卒業後、医師になった。医師になって三十年あまり、患者や家族にやさしく接し、評判は良い。長年、病人の最期を看取り、あの世とこの世とには大きな関係があることを感じていた。余命が短いことを告げられたときの本人や家族の苦しみを思うとき、どうしても、あの世とこの世との関係を説き、少しでも安心して最期を迎えられるよう、また、死んでもあの世で困らないようにする必要があると考えていた。「亡くなるときは、自宅で、家族に囲まれて」という患者の希望に応えるため、常に患者や家族の立場に立ち、真剣に終末期医療に取り組むようになった。

余命六か月と言われている六十五歳の男性患者とその妻に、正面から向き合った。

患者　先生、私は不治の病に冒され、余命六か月と言われています。死ぬまでの人生をどう生きるかを考えているのですが、良い考えが浮かびません。

B　候補として、どんなことが思い浮かびますか。

患者　第一候補として、海外旅行をしたいと思います。世界中の美しい景色を見て回り、ありったけのお金を使って楽しみたいです。食べたことのないおいしい食べ物を食べ、この世に思い残すことのないようにしたいです。かあさんならどうする？

妻　私なら、好きな食べ物をお腹一杯食べ、好きなお酒を好きなだけ飲み、寝たいだけ寝たいと思います。何でも思いついたことをすぐにやるような気がします。もし、先生なら、どうなさいますか。

B　私はあと六か月で死ぬと思ったら、好きなことをしていても、常に死が迫っていることが心配になり、楽しむことができないと思います。それならいっそのこと、何か世のため人のためになることをして善徳を積みます。あの世で幸せになることを夢見て善徳を積んだ方が、死の不安を紛らしてくれるような気がするからです。楽しいことをしながら「時間がたたないでほしい」と思うよりも「早く時間がたってほしい。早くあの世から迎えに来てほしい。あの世でも活躍したい」と思う方が有意義で幸せな時間を過ごせると思います。

患者　そうですね。いい考えですね。それで、具体的には何をすればいいのでしょうか。

B　元気で体が動くうちは、ボランティア活動など、自分が社会に役立っていると感じることをすればいいと思います。また、借りた物は全て返しましょう。「あの人には悪いことをしたけど、まだ謝っていない」という人がいたら、恥ずかしがらずに謝りに行きましょう。受けた恩に対してもう一度感謝の気持ちを伝えたい人がいれば、お礼を言いに行きましょう。お礼を言って回る時間的余裕がなければ電話でも文書でもいいです。あの世に行ってから「やり残したことがあるから戻りたい」と思っても遅いですから。お子さんに財産を残すことも大事ですが、他人に借りがあれば返しておくことの方が大事です。

これから話すことは、あなたのことを言っているのではありませんので、勘違いせずに聞いてくださいね。私の独り言ですから。

患者　はい、何でも話してください。

B　あの世にお金は持って行かれないと言いますが、借金は持たされます。人から盗んだり借りた物を返さなかったりすると、あの世で返さなければならなくなるのです。刑罰や借金、税金その他この世で免れたものはことごとく償い、返さなければならないことになっています。この世で払うべきものは全て払い、心おきなくあの世へ旅立つべきなのです。

あの世に行ったとき、誰があなたを温かく迎えてくれるでしょうか。あなたの伴侶、両親、親しかった友人、それとも会ったことはないがあなたの寄付によって救われあなたにお礼を言いたい人々でしょうか。その人たちはあなたを迎えるに当たり、あなたの過去の行いを知った上で迎えてくれるのですから、会って恥ずかしい思いをすることのないようにしておくべきです。

我々は、自分の知らないところで自分の行動により助けられたり苦しめられたりしている人々がいることを知るべきです。もしかすると温かく迎えてくれる人は一人もおらず、借金取りに追われる日々が続くかもしれません。この世であれば稼いで返す道もありますが、あの世ではそれができる保証はないので、返せなければ追われ続けることになるのです。もし、あの世で返せなければ、来世は、貧乏な家庭に生まれて、お金で苦しむ運命を背負わされることになります。

独り言は以上で、あなたの話に戻ります。あなたのお孫さんは以前「好きで生まれて来たのではない。もっといい家庭に生まれて来たかった」と言っていましたよね。とんでもないことです。今からでも遅くないので、人は何のためにこの世に生まれてきているかをしっかり教えてやってほしいです。親が教えきれない部分は、おじいちゃん、おばあちゃんがその持ち味を活かして教えるべきです。

妻 そうですね。私も精一杯、あなたに協力する。何でも言ってもらえれば、やるわ。私も元気なうちに、先生に言われたことを実行したくなった。一緒に協力してやりましょう。

その後、三か月を過ぎても、患者は元気にボランティア活動をしていた。患者が話すその日の出来事を、Ｂは丁寧に聞いていた。

患者　死んだら、どうなるのでしょうね。

Ｂ　あなたは毎日いいことをしていますから、きっと、いい所に行けますよ。心の清い人が、悪い所に行くはずがありません。あの世に行っても善徳を積むという気持ちを持ち続け、再度この世に戻ってきても善徳の積める人間になるんだという気持ちを持ち続けてください。この世で人のために役立とうと頑張った人は、あの世へ行っても人から求められます。心が輝いていて、それが誰の目にもよく分かるのです。逆に、自分勝手な人は、人から敬遠されるんです。この世でもあの世でも、それは同じです。ですから、安心して今の生活を続けてください。

患者　わかりました。もう、残り三か月くらいかなあ。でも、先生のお話を聞いて、不安な気持ちがどこかへ行ってしまいました。残りの人生を精一杯、生きてみます。

Ｂ　そうです。そして神様が「もう、いいよ」と言ってくだされば、お迎えが来ます。そのときには、体の状態が悪くなって動けなくなり、最後の罪滅ぼしとして、痛みも伴います。しかし、それは、人が生まれるときにお母さんがお腹を痛めるのと同じですから、痛み止めを打ったりせず辛抱してください。

更に三か月がたった。患者は死期を悟り、不安げに家族を見つめている。家族も「死んでほしくない」という思いで祈っている。

B あなたも、転勤の度に、不安な気持ちで新天地に向かったことでしょう。あの世からこの世に生まれてくるときも、不安な気持ちで一杯だったんですよ。でも、たいしたことはありませんでした。それと同じで、あの世に行くのは不安でしょうが、行ってみれば、案外、たいしたことはないんです。あの世はいい所ですよ。あなたのような献身的な人ばかりが集まっていますから。あの世は同じような人ばかりが同じ場所に集められるのですから、悪い人は一人もいません。楽しみにしていてください。

患者 そうですか。でも、家族と別れるのがとてもつらいです。寂しいです。

B はっきり言っていいですか。

患者 はい、何でも言ってください。

B じゃあ、言います。先ほど、転勤の話をしましたが、学校を卒業した時のことや、職場で転勤した時のことを思い出してください。その時は別れが非常につらく、泣いた経験があるでしょう。でも、新天地に行ってみれば、もう、前のことはほとんど忘れてしまっています。そんなもんですよ。確かに家族との絆は強いですが、あの世に行けば、もう、新しい生活が始まります。この世のことを振り返っている暇はありません。

人間は、何回も、何回も、生まれ変わっているのです。そのたびに記憶が蓄積されれば、数え切れないほどの人との出来事を記憶することになります。ですから、すぐに忘れるようにできているのです。

次の世で、もし奥さんと会っても、わからないでしょう。逆に、わかったら困りますもんね。どちらかが結婚していたら、どうします？　しょせん、人生は、出会いと別れの繰り返しで、いちいち別れを悲しんでいても仕方ありません。叱られるのを覚悟で私の本音を言いましたが、お気にさわられたのなら、ごめんなさい。

患者　いいえ、とんでもない。そうですよね、確かに。この世で終わりと思うから、いけないんだ。ところで、あの世に行けば、どうすればいいんですか。やるべきことと、やってはいけないことって、あるんですか。

B　やるべきことは、今と同じで、皆のためになることをする。献身的な気持ちを忘れないことです。やってはいけないことは、自慢したり、偉そうな態度を取ったりすることです。きらわれますよ。あの世は心の世界ですから、周囲の人の気持ちをよく考えて行動してください。

妻　嘘もいけませんよね。

B　嘘はつけないです。死ぬと体がなくなり、心だけになりますから。考えている事が丸見えです。

患者　私は心が汚いから、恥ずかしいです。

B　そんなことありません。これだけ献身的に活動されたのですから、心は清くなっています。あの世で活躍したいという気持ちを強く持ってください。

Bは毎日少しずつ、あの世に行ってやるべきことを患者に語った。それを聞いていた家族も、安心して患者を見送る覚悟ができてきた。「死んでほしくない」という気持ちよりも「あの世で活躍してほしい」という気持ちの方が強くなってきた。そして、死がやってきた。

患者　先生、痛いっ……助けてください。

B　辛抱してください。痛みは罪滅ぼしです。痛みが激しいほど、多くの罪が赦されるのです。

妻　見ていられません。痛み止めの注射を打っていただけませんか。

B　痛みに耐え、自然に死んで行くのが一番いいんです。母親が子供を産むとき、激痛に苦しみます。同様に、子供が生まれて来るときも、体が圧迫されて苦しむのです。あの世に生まれ往くときも、体に痛みを伴うときがあります。怖い夢を見て苦しむ人もいますし、人によって違うのです。

患者は痛みがやむと、少しの間、会話をした。家族一人ひとりに感謝の気持ちを述べた後、最後の眠りに入った。Ｂは患者に対し、意識があったときと同じように、あの世に行ってすべきこと、やってはならないことを繰り返し語った。

B あの世に行って間もなく、奥さんやご子孫による追善供養などによって、思いもよらぬ厚遇を受けるでしょう。そのとき「家族が善徳を積んでくれたのだから、これくらいのもてなしを受けるのは当然だ」と勘違いしてはなりません。今までの不安な気持ち、謙虚な態度がどこかへ行き、慢心し、態度が横柄になることがよくあるのです。くれぐれも勘違いすることなく、この世の行いを反省し、謙虚な態度をとり続けることです。

人間は、たとえ一生修行をして善徳を積んだとしても、せいぜい百年です。仮に百年修行をし、善徳を積んでそのご褒美を頂けたとしても、十年間も頂ければいい方です。ご褒美の十年間が過ぎれば、また元の状態に戻るのです。

ご褒美の期間が永遠に続くものと勘違いして、楽しい生活にどっぷりと浸かってしまうと、恵まれない人に対する慈悲の心を忘れてしまいます。常に献身的な気持ちを持ち続けてください。

それと、あの世に行っても、この世のことが気になるでしょう。この世の人の幸せを祈ってください。ただし、あの世に行けば、あの世の生活が新たに始まりますので、この世を振り返るのもいいですが、あまり未練がましく振り返るのはよくないですよ。

妻 先生、主人は眠っています。何を言っても分からないと思いますよ。それに、若い頃から記憶力が悪いですから、先生に教わったことをどれだけ覚えているか……。

B そんなことないです。今は分からなくても、心の中に記憶するので、あの世に行ったときに記憶がよみがえるのです。今、おっしゃった「記憶力が悪い」ということも記憶されていますよ。

妻 ええっ、そうなんですか。取り消します。すみません。続けてください。

B はい。あの世に行けば、体はなくて、心だけの世界になりますから、心で会話します。今ある「社会に貢献する」という気持ちを持ち続け、自分よりも他人のことを優先するよう心掛けてください。自分勝手な人は敬遠されますが、献身的な人は引っ張りだこになります。わざわざ自分を売り込まなくても大丈夫ですから、自慢話はしないでください。同様に、他人の悪口は絶対に言わないでください。

Bが患者に対し、あの世で心掛けるべきことを、繰り返し、繰り返し、語っている間に、患者は眠るように息を引き取った。

それ以外の患者にも、家族を交えて、死後に備えてやっておくべきことについて語り続け、最期まで責任を持って看取った。八十歳になっても現役を続け、最後の患者を看取ると、翌々日、あの世に旅立った。

みんなの広場に到着すると、そこには人だまりができていて、拍手で迎えられた。その中には、Bが看取った患者が何人もいた。長老たちからは大いに褒められたが、自慢話はせず、他人を称《たた》えるという、模範的な態度であった。

翌朝の裁判でも謙虚な態度で臨み、あの世での善行が大画面に映し出され、聴衆は賞賛の目で見ていた。

裁判神　あなたは医者として立派な人生を全うした。これで、女として上・中・下の三つの環境で全て合格した。すでに男としても上・中・下の三つの環境で全て合格している。よって、規定により神仏界行きとする。

人間界で合格して、神仏界に行く人も、幾多の失敗、過ちを犯しながら成長する。過ちを犯さない人はいない。過ちを犯さない国もない。戦争をした国も、反省して立ち直り、反戦を呼びかけている。Bさんも、これまでの人生の全てが立派だったわけではない。道を踏み外したことは何度もある。悪い環境を与えられるのだから、仕方のない面もある。大切なことは、過去の過ちを素直に認めて反省し、努力して、今後に活かすことだ。傍聴席のみんなも自分の過去を反省し、精進努力し、神仏界に上がってほしい。Bさん、おめでとう。

裁判神の話が終わると、天井の大窓が開き、神仏界から迎えの一行が舞い降りた。聴衆からも大きな拍手が送られ、「あの人は人として理想であると神様から評価され、もうあの世に行って修業をする必要がなくなったんだ。うらやましいな」という声が聞こえた。迎えに来た神仏からも拍手が送られた。「おめでとう。一緒に神仏界から人間の更なる活躍を祈念しましょう」と言ってBを神輿《みこし》に乗せ、天空へ消えていった。

C ✦ 大学教授として環境問題に取り組んだ女

最後に、Cの話である。裕福な家庭の長女に生まれ、幼少の頃から勉強熱心だった。特に宗教と環境問題に興味を持ち、大学教授になった。ある日、グループ討論会を開催し、学生S、T、U、Vに自由に発言させた。

C 今日は、地球の未来について話し合いましょう。地球の未来に関することであれば何でもかまいません。こじつけでも偏見でもいいです。ただし、他人の意見について、自分なりの考えを述べるのはいいですが、他人の意見を非難するのは慎みましょう。何でもいいですよ。どうぞ。

S 生命誕生以来、動植物はその環境に適応すべく、進化を繰り返してきました。小動物や恐竜の誕生と絶滅。その時代に必要とされると誕生し、不必要となれば絶滅していったのでしょう。そしてついに人類が誕生しました。

人類はこの世に必要とされて誕生したのだと思います。ただ、将来も必要とされ、生き残れるかどうかは疑問です。

T 私は生き残れると思います。生き残ってほしいです。自然を大切にすれば大丈夫だと思います。気候も食物連鎖も、この世の中のものはみんな循環しています。一つが狂うと全てが狂います。世界中の人が協力すれば、自然を保つことができます。

自然に関して私が最もすごいと思うのは、地球の公転と自転です。「十年たっても一秒も狂わない時計を作った」と自慢している人がいますが、それよりも、昨年も今年も来年も、ずっと地球が太陽の周りを全く同じ早さで周回し、更に、常に同じ早さで自転していることの方が、ずっとずっと、すごいことだと思います。

太陽の周りを何周しても、一年後には全く同じ位置に戻ってくる。何回自転しても、二十四時間後には、全く同じ位置に戻る。たまたま、そうなっているのでしょうか。そうではなく、この宇宙を支配している誰かがいて、動かしているのだと思うのです。

十年たっても一秒も狂わない時計を作ることができるのは、太陽も地球も動く速度が常に一定だからです。

U そうです。それほど、宇宙の営みは偉大なのです。地球環境をこれ以上悪化させてはなりません。こんなに環境の整った星は他にないのですから。

地球には、生命が誕生し、維持するだけの環境がそろいすぎています。これを偶然だと言う人がいますが、もしそうだとすると、どれくらいの確率で、こんなことが起こるのでしょうか。

V　私も、誰かが意図的に大自然を操作していると思います。人間や動植物が生きられるように、ちょうどいい環境を与えているのです。人間を始め動植物は当然、その期待に応えなければなりません。それに応えているのは人間を除く動植物だけであり、人間だけが自然に反する生き方をしているのではないでしょうか。

S　地球の居住環境はかつてないほど急速に悪化の一途をたどっており、今世紀中に人間は住めなくなるとさえ言われています。人間の勝手な行動による地球温暖化で海水面は上昇し、島の水没が発生しています。

「五十六億七千万年後に救世主が現れる」とも「五十六億七千万年後に地球は消滅する」とも言われています。太陽の残りの寿命とほぼ同じです。それまで、我々は地球に住めるのでしょうか。

T　このままでは、とても住めません。自然環境を悪化させている最大の要因は、快適な日常生活を求めることにあると思います。私たちは快適を求めすぎです。快適を求めると、かえって苦しみを生みます。夏や冬は冷暖房を利かせて暑さ寒さをしのごうとしますが、夏は少し暑いくらいが、冬は少し寒いくらいがちょうどいいのです。人間は自然に順応した生活をすべきです。外出すれば暑さ、寒さから逃れることはできません。それならいっそのこと、暑さ、寒さを受け入れ、体を慣らすべきです。

首筋が寒いとマフラーを巻けば首筋は暖かくなりますが、今度は足が寒く感じるというように、結局どこかに不満が残ります。少し足りないことを不満に思ってそれを満たそうとするよりも、少しでも足りていることに満足し、足りない部分は辛抱して生きるほうがいいと私は思います。「及ばざるは過ぎたるよりまされり」という昔の将軍様の遺訓を私は実践しています。

V いい心がけですね。私は暑いのが苦手で、夏は部屋を寒いくらいに冷やしていますが、これからは、程々に冷やすようにします。地球環境の改善に努めなければならないですからね。でも、少数の人が取り組んでもだめです。国を挙げて、特に大きな国が率先してやらないとだめです。しかし、大きな国ほど、自分の国の利益を第一に考えています。戦争も辞さない構えを見せる国もあります。

T 誰もが満足する世の中になってほしいと思いますし、それを実現してくれる政治家が出てきてほしいです。何とかして、戦争をなくすことはできないのでしょうか。

核兵器で威嚇したり、侵略する姿勢を見せたりして、相手国の防衛費を浪費させ、その国を弱らせようとしています。徹底的に弱らせて、自滅するのを待っているのでしょうか。

それとも、弱らせてから侵略しようとしているのでしょうか。

S　よその国を侵略しても、次に生まれ変わって来たときに、その国に生まれてしまったらどうするのでしょうか。自分が破壊した町に生まれるかもしれません。自分が傷つけた人の子孫に生まれ変わるかもしれないのですよ。

U　たぶん、この世をうまく生きることしか考えていないと思います。「死んだら終わりだから、生きているうちに好きなことをしたい」と思っているのでしょう。

でも、私は楽観的な考えを持っています。この世の中は、常に悪人より善人が多い状態に保たれており、悪い国より良い国が多い状態に保たれています。だから、まだ人類は滅亡していません。どこまで行っても、善が悪に負けて、人類が滅亡することはないと思っています。誰かがこの世を支配していて、常に悪を使って善人に難題をぶつけてきます。それをどう解決するかを見て楽しんでいるだけなのです。ですから、平和な世の中が来ることはなく、また、人類が滅亡することもないのです。

S　そんな無責任な態度では困ります。「天は自ら助くる者を助く」と言います。戦争が起こらないように、皆が最大限の努力をしなければならないのです。

私たちは全員、選挙権があるのですから、国や戦争について、真剣に考えている政治家を選ぶべきだと思います。しかも、遠い未来のことまで考えている政治家を。

V そうですね。選挙の話が出ましたが、選挙の投票所に行って思うことがあります。それは「この人を当選させたい」という気持ちよりも「この人を落選させたい」という気持ちの方が強いことです。また、自分とは別の選挙区に「この人のせいで国会がくだらない議論に終始している。落選させたい」という立候補者が多いことです。見え見えの売名行為や破廉恥行為、犯罪的行為があったとしても、その選挙区の有権者が多数投票すれば当選します。有権者にとって有益な議員であれば、全体の利益を損なう議員であっても当選するのです。ですから、自分の住所地に関係なく落選票を入れられる制度がほしいです。

それと、期日前投票が行われた場合、最終日の夜に「事前開票」してくれれば、翌日の投票日当日に「危機感」が湧いてきて、投票に行きたくなると思います。

U 実現するのは非常にむずかしいと思いますが、そんな制度があれば、絶対に投票に行きます。それに、普段から政治に興味を持ち、誰がどんな発言をしているか、どんな行動をしているか、発言と行動が一致していて、結果を出しているかを注意深く見ます。

自分の利益や地元の利益しか考えていない人、この世での成功しか考えていない人を当選させない制度が絶対に必要です。

T 私も将来が心配です。最も心配しているのが、環境の問題です。

火星移住を計画していますが、こんな素晴らしい環境を持った地球にすら住めないのなら、火星に行ってもせいぜい数年しか住めないでしょう。核戦争が起きて、火星が爆発し、なくなってしまうかもしれないと思うほどです。

たぶん火星は「他の動物は来てくれてもいいが、人間だけは来ないでくれ」と願っていると思います。

S　地球が消滅し、火星移住してもだめなら、私たちは、この世に生まれたくても生まれられないようになります。人間は神の失敗作であり、もはや不要のものであるとされるのでしょうか。

U　人間は、この地球に見切りをつけ、火星移住が計画されていますが、もしかすると神は人間に見切りをつけ、他の高等生物を誕生させるべく、宇宙のどこかで環境の整った星をつくっているのかもしれません。

V　私はそれとよく似た夢を見たことがあります。「神様は人類を見限り、人類に代わる生命体をつくろうとしている。そのためには、その生命体を育む星とその環境も必要となり、その生命体をどんなものにするか、設計段階にある。また、その星をどこに、どのくらいの大きさに、どのような環境にするのかも検討中である」と。

T　私も先日、変な夢を見ました。それは、新たに他の動物が生まれ、人間の独占を脅かそうとしている夢です。このままこの生物が進化を続ければ、人間によるこの世の支配はこの生物に取って代わられ、地球の片隅で細々と生きて行くしかなく、そこで大変な議論が起こりました。この生物を滅ぼそうというものです。

「人間はこの世で唯一絶対に頂点に立つ存在である」と考える人と「人間か、それとも別の生物が頂点に立つかは神のみが決めるもので、神の意思に委ねるより他ない」と考える人との大論争です。人間が絶対と考える人たちは「今のうちに新生物を滅ぼさなければ取り返しがつかなくなる」と主張するのです。私は、滅ぼす方に賛成してしまいました。

C それは大変な夢を見ましたね。夢の中では非現実的な出来事が起こります。そのとき、自分に究極の選択を迫られることがあり、その選択が自分の本音であり、本性です。自分の本性を思い知らされたとき、それが悪い本性であることが多く、修正するきっかけを与えてくれます。また、今後の自分の進むべき道を指し示してくれる場合もあり、参考にするべきです。

夢はすぐに忘れてしまいがちなので、すぐに書き留めるようにしましょう。

T 夢の中に知っている人だけでなく、知らない人も出てきますが、夢に出てきた人と、あの世で会っているのでしょうか。

U そうかもしれないですね。ある人のことを思っていると、その人が夢に出てくることがあります。長らく意識していなかった幼なじみが突然出てくることもあります。死んだ人が出てくることもあります。

死んだ人に出会ったとき、夢でなければおかしいと気付くのに、夢の中ではおかしいとは思いません。矛盾に気付かないのです。私にはその理由が全く分かりません。それでも、生きる上でのヒントを与えてくれたのかなと思うことはあります。

C　夢の中では現実であると錯覚して色々な意識が働きます。つまり肉体の活動は止まっていても心は活動しているのです。意識したり意思決定したりするのに、肉体は必要ありません。死んで肉体が滅び、心と肉体が分離しても、心は単体で活動できるのです。

夢を見ているときには、心が一時的にあの世に行っているのです。それは人間がよく実家に帰るのと同じことです。つまり、肉体はこの世だけのものですが、心はこの世とあの世の両方に在籍していて、行ったり来たりしているのです。

あの世は、夢で見るような世界で、実際にあるように思えて、実際にはない。ないようで、ある。そんな世界なのです。夢の中では、現実にはありえないことが起こります。その中に何かヒントはないか、探してみてください。もし、悪い夢を見ても、あまり気にしすぎないようにね。

各人が言いたいことを言って、まとまりませんでしたが、他人の意見でも、いい意見は取り入れて、実現できるものは実現したいものです。

今日の討論会はこれで終わります。

Cは、大学教授として学生に環境問題について教え、学生以外にも環境問題に興味を持ったり取り組んだりする人が増えた。学生たちの先頭に立って清掃活動に従事したりして、後ろ姿で教えた。数々の名誉称号を贈られるところであったが、全て辞退した。謙虚な姿勢や行動で示すやり方は、他の人の共感を得た。大学教授退任後も環境問題に取り組み、八十歳で往生した。

✦

Cがみんなの広場に行くと、あの世で一緒に環境問題に取り組んだ仲間が迎えてくれ、みんなの広場の中央にある泉に連れて行ってくれた。そこにも、あの世で一緒に環境問題に取り組んだ人たちが大勢いて、再会を喜び合った。長老たちも微笑んでおり、翌朝、裁判所に行くよう言われた。

裁判神　君は大学教授として、遠い未来のことまで考えて学生に議論させた。学生たちは環境問題について、遠い未来のことまで考えて真剣に取り組み、大きな成果を得た。学生たちの突拍子《とっぴょうし》もない意見もよく聞いて尊重し、聞く姿勢の大切さを、身をもって示した。それによって学生たちも臆することなく自分の意見を言えたのは非常に意義深い。

C　学生たちの本音を聞き出すことができて、問題点がはっきり見えました。

裁　そうだね。貧困に苦しむ学生の立場に立って物事を考え、改革することにより、みんなが等しく勉強できる環境を整えた。学生たちは自分の環境を良くしてもらったことに感謝し、地球の環境を改善することで君の期待に応えようとしている。そして環境保全活動は大きな渦となって世界に広まっている。合格だ。天道に行きなさい。

C　ありがとうございます。

裁　君は過去、あの世に百回以上生まれ、活躍してきた。その中で合格点を取れたのは、生まれ育ちの六つの環境のうち、古い順に、

○　悪い環境に生まれ育った女。
○　悪い環境に生まれ育った男。
○　中くらいの環境に生まれ育った女。
○　中くらいの環境に生まれ育った男。

と、今回の、

○　良い環境に生まれ育った女。

で、合計五回である。

神仏界に上がるには、もう一つ、

○　男に生まれ、良い環境に育って、合格点を取ること。

が残っている。

C　残り一つですね。精進努力します。

神様、お聞きしたいことがあります。神仏界と天道との違いは何ですか。それと、天道から直接、神仏界に上がることはできないのでしょうか。

裁　神仏界と天道との違いは、神仏界に行った人は、あの世の修業を終わっているので、もうあの世に行くことはないが、天道にいる人は、あの世の修業がまだ残っているので、いつ何時、あの世への誕生を命じられるか分からない。更には、自分の本分をわきまえていないと、人道に落ちることもある。だから、直接、神仏界に上がることはできない。

C　神仏界に行くまでは、安心できないということですね。

裁　神仏界に行っても、安心できない。善の神仏として神仏界に行くのであるが、神仏界にも悪い神仏がいる。その神仏の誘いに乗って、悪魔の世界に引きずり込まれないよう、注意しなければならない。特に、天道に行って遊興・道楽に浸り、天道から陥落したことのある人は、注意を要する。慈悲の心で満たされている人だけが、善の神仏になれるのだ。

最後に、AとBの現状を話そう。Aは残念ながら修羅道に落ちている。それに、神仏界に上がるまでに、二つの生まれ育ちの環境を残している。Bは六つの環境で全て合格し、めでたく神仏界に上がった。

君はあと一つ残している。男として良い環境に生まれ、大きな使命を課せられるであろう。

今、あの世では、君のような優秀でしかも地球にやさしい人間が求められている。もしかしたら、すぐに誕生の神様に呼ばれるかもしれない。忙しいが、出発準備をしながら、天道で待っていなさい。

最終章

というところで映像は終わり、四人は我に返った。

会社員 そうか。驚いた。AさんもBさんもCさんも、上がったかと思えば下がり、下がったかと思えば上がり、色々な人生を経験しているね。私が考えていたことも少しは当たっていた。私は映像で教えてもらったことを他の人に伝え、広めていきたい。

公務員 最後は現在を通り越して、未来の話になっていたね。熱い恋愛ものがなかったのは残念な気がする。それと、AさんとCさんがもう一度生まれ変わった後の映像が見たかった。

映像が始まる直前に「なぜ君たちが、今ここに生きているのかが分かったなら、これからの生き方を自分自身でよく考えよ」と言う声が聞こえた。この「分かったなら」というのと「自分自身でよく考えよ」の意味をよく考える必要がある。つまり、映像を見ての感想や解釈は人それぞれであり、それを伝えても、それを聞いた人の解釈は人により様々だと思う。だから「これは、こういうことだから」と決めつけて、相手に押しつけるのではなく、どう受け取るかは、相手に任せることが大切だと思う。

看護師 うん。私はずっと不幸だと思っていたが、映像を見て「今、ここに生きていて、仕事ができていること自体が幸せだ」と思うようになった。

私は看護師をやっていて、どうして今まで、人の死とあの世の存在について何も考えなかったのかと後悔している。これからは、余命幾ばくもない人やその家族の人たちに、自分の考えを話してみようと思う。決して押しつけではなく、とりあえず、話してみようと思う。

学生　そうだね。自分の話を独り言として聞いてもらってもいいと思う。私も、今見たことを参考にして、勉強に、これからの人生に、役立てたいと思っている。

会社員　また機会があったら、集まろう。そして、悩み事や困り事があったら、お互いに遠慮せずに話し合おう。そうすれば、きっと、いい答えが出るよ。いい情報も悪い情報も共有しあい、社会に貢献していこう。今日はこれでお開きとします。

あとがき

読んでみて、どうだったでしょうか。あの世のことは、生きているうちには体験できないので、分かりにくかったと思います。でも、もう一度読み直していただければ、新しい発見があると思います。良い評価をいただけなくても「こんな考えを持っている人もいるんだ。少しは参考になった」と思っていただければ、こんなに嬉しいことはありません。

書き終えてから思ったことは、どちらかと言えば、いい人生よりも悪い人生の方か多いことです。大半の人の人生は、楽しいことよりも苦労することの方が多いのではないでしょうか。しかし、貧乏で苦労の多い人生であっても、自分にとって有意義な人生であれば、それはいい人生だと言えるはずです。

初めて書いた本ですが、書いていて非常に楽しかったです。期限が決まっているわけではなく、自分の好きな時間に書くことができました。自然に手が動いたことも度々ありました。もしかしたら神様が私の手を動かしているのではないかとさえ思ったこともあります。

皆さんも、一生のうちで、一冊でもいいから、本を出してみてはいかがでしょうか。売れることさえ期待しなければ、楽しい時間を過ごすことができます。何もかも忘れて、自分だけの世界に入って。

最後に、執筆に際して、親切丁寧に手助けしてくださったパレードブックス編集担当の方にこの紙面をお借りしてお礼を申し上げます。

あの世とこの世を行ったり来たり　下巻

2023年9月19日　第1刷発行

著　者　本居利之《もとおりとしゆき》

発行者　太田宏司郎
発行所　株式会社パレード
　　大阪本社　〒530-0021　大阪府大阪市北区浮田1-1-8
　　　　　　　TEL 06-6485-0766　FAX 06-6485-0767
　　東京支社　〒151-0051　東京都渋谷区千駄ヶ谷2-10-7
　　　　　　　TEL 03-5413-3285　FAX 03-5413-3286
　　https://books.parade.co.jp
発売元　株式会社星雲社（共同出版社・流通責任出版社）
　　　　　　　〒112-0005　東京都文京区水道1-3-30
　　　　　　　TEL 03-3868-3275　FAX 03-3868-6588
装　幀　河野あきみ（PARADE Inc.）
印刷所　中央精版印刷株式会社

ISBN 978-4-434-32539-7　C0093